中国儿童成长必读系列

男孩故事全集

NANHAI GUSHI QUANJI

吉林出版集团 JILIN PUBLISHING GROUP
吉林美术出版社 | 全国百佳图书出版单位

孩子的世界无瑕而纯净，真实得没有一点杂质，他们的泪水欢笑、快乐悲伤，都是那么直接和纯粹。蓝的天、白的云，童年的天空似乎从来没有太阳躲藏起来的时候，孩子们用稚气的双手在属于他们的世界里快乐地涂鸦，所有的幸福和感动都在记忆里闪着光、发着亮。

成长是一个漫长而充满幸福的过程。

所有的孩子都拥有自己的故事，他们慢慢学习成长、学会爱，他们也在别人的故事中学习思考、学会感受。每一个孩子的成长都少不了好故事的陪伴，它们或美好或忧伤，它们就像一条条小溪，在孩子纯净的心灵上缓缓流淌……

《安徒生童话集》是童话大师安徒生献给世界儿童的珍贵礼物，能让孩子们在快乐的阅读过程中，受到教育、得到感动。

序言 PREFACE

《格林童话集》以启迪孩子智慧、净化孩子心灵为宗旨，带领孩子们一同进入神奇的童话世界。

《365夜故事大王》能让孩子们在阅读中温暖心灵、培养爱心，一年的365天陪伴孩子度过每一个美好的夜晚。

《男孩故事全集》与《女孩故事全集》打开了孩子童年时期的想象之门，让他们能以自信、开朗、勇敢的态度面对生活。

我们真诚地希望这些故事能够为孩子构建一个最美的梦境，让他们在成长的过程中始终能够与美好相伴，相信爱与奇迹，懂得感恩，学会包容，真诚地面对这个世界。

就让这些美好的故事穿越时空，在孩子们的身边娓娓道来，让孩子们静静聆听、用心感受……

目录

CONTENTS

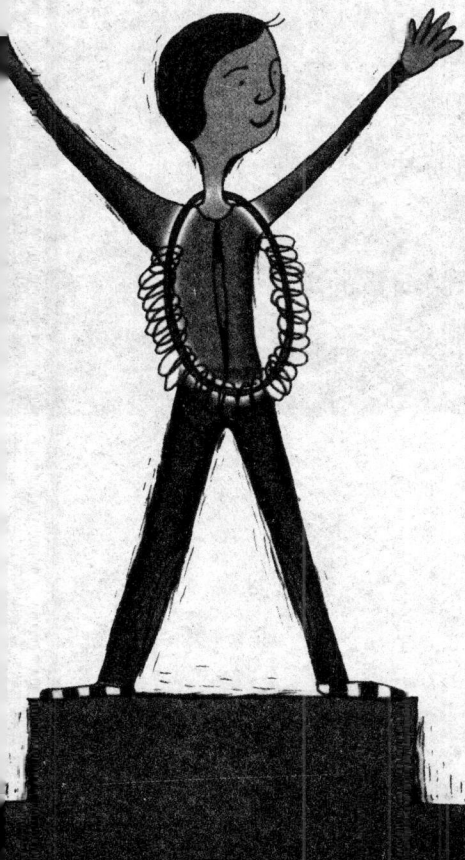

目录

CONTENTS

目录

CONTENTS

你看，凌空架起的那道彩虹，
折射的是童年七彩的梦；
你听，清晨枝头鸟儿的啼鸣，
歌唱的是童年欢快的旋律；
愿小朋友们在这段快乐的阅读中，
收获幸福，品味生活，感悟成长……

小兔子送春天

一位老奶奶住在山上的小木屋里。山上有只小兔子，它经常跑到小木屋里陪伴老奶奶。

冬天到了，老奶奶的身体很虚弱，她经常坐在门口晒太阳，并自言自语地说："春天什么时候来啊，春天来了我的身体就会好了。"可是春天却迟迟不来。小兔子听见老奶奶这么说，想了想，

便急匆匆地跑下山去。它看到春天已经
来到山脚下了，野草发出了嫩芽，花枝上也
鼓起了花骨朵儿。

小兔子决定带点儿春天的东西给老奶
奶，它摘了一朵迎春花小心地衔着，向山
上跑去。可是它跑到半山腰时，迎春花就
已经耷拉脑袋了。小兔子又跑到山下用草
叶小心地盛了一些溪水，可是走着走着，水
就洒没了。小兔子只好又回到山下，它使劲
儿地呼吸着山下的空
气，又让自己的皮毛也

zhān shàng chūn tiān de qì xī   rán hòu   xiǎo tù zi fēi kuài de xiàng
沾 上 春 天 的 气 息 , 然 后 , 小 兔 子 飞 快 地 向

shān shang pǎo qù
山 上 跑 去 。

　　lǎo nǎi nai jiàn dào le xiǎo tù zi   kāi xīn de shuō   chūn tiān
　　老 奶 奶 见 到 了 小 兔 子 , 开 心 地 说 : " 春 天

dào le   nǐ jiù shì wǒ de chūn tiān a
到 了 , 你 就 是 我 的 春 天 啊 ! "

成长对话

　　善良的小兔子凭借自己的努力为老奶奶送去了一个明媚的春天,它在老奶奶开心的话语里感到了满足和幸福。孩子们,当你帮助了别人之后,那些善意温暖的微笑是不是也会成为你心中的春天呢?

皮皮和小牧童

皮皮的床头上贴着一张画，画上有一个骑在老黄牛身上吹笛子的小牧童。皮皮很喜欢这张画，他每天都会对画中的小牧童说话。

这天，皮皮对小牧童说："小牧童啊，你能下来陪我玩儿吗？

nǐ de dí zi chuī de hǎo tīng
你的笛子吹得好听

ma shéi zhī xiǎo mù tóng
吗？"谁知，小牧童

zhǎ ba zhǎ ba yǎn jing zhēn
眨巴眨巴眼睛，真

de cóng huà shang tiào le xià
的从画上跳了下

lái tā chuī qǐ le dí zi
来，他吹起了笛子，

hǎo tīng jí le cóng nà tiān
好听极了。从那天

kāi shǐ xiǎo mù tóng jiù jiāo pí pi chuī dí zi tā men wánr de
开始，小牧童就教皮皮吹笛子，他们玩儿得

kě kāi xīn le
可开心了。

pí pi xué huì le chuī dí zi biàn zài xiǎo huǒ bàn de miàn qián
皮皮学会了吹笛子，便在小伙伴的面前

chuī xiǎo huǒ bàn men xiàn mù jí le tā men dōu xiǎng hé xiǎo mù
吹，小伙伴们羡慕极了，他们都想和小牧

tóng xué chuī dí zi pí pi shuō nà bù xǐng xiǎo mù tóng shì
童学吹笛子。皮皮说："那不行，小牧童是

wǒ jiā de tā zhǐ néng jiāo wǒ chuī dí zi xiǎo huǒ bàn me rèn
我家的，他只能教我吹笛子。"小伙伴们认

wéi pí pi tài zì sī le yú shì dōu bù hé pí pi wánr le
为皮皮太自私了，于是都不和皮皮玩儿了。

pí pi shuō wǒ kě yǐ hé xiǎo mù tóng yì qǐ wánr
皮皮说："我可以和小牧童一起玩儿。"

kě shì pí pi huí jiā kàn huà shang de xiǎo mù tóng shí fā
可是，皮皮回家看画上的小牧童时，发

xiàn xiǎo mù tóng shēng qì le tā bēng zhe liǎn yí fù hěn bù gāo
现小牧童生气了，他绷着脸，一副很不高

xìng de yàng zi　　xiǎo mù tóng zhī dào pí pi zì sī de xíng wéi
兴 的 样 子。 小 牧 童 知 道 皮 皮 自 私 的 行 为

hòu　　 yě bú xià lái hé pí pi wánr　le　 gèng bù chuī dí zi gěi
后， 也 不 下 来 和 皮 皮 玩 儿 了， 更 不 吹 笛 子 给

pí pi tīng le　　 pí pi hěn jì mò　　 tā zhǐ néng měi tiān zì yán zì
皮 皮 听 了。 皮 皮 很 寂 寞，他 只 能 每 天 自 言 自

yǔ　　pí pi zhī dào zì jǐ tài zì sī le　　hěn hòu huǐ　 tā duì
语。 皮 皮 知 道 自 己 太 自 私 了， 很 后 悔， 他 对

xiǎo mù tóng shuō　　 xiǎo mù tóng　 wǒ bù gāi nà yàng duì dài xiǎo huǒ
小 牧 童 说：" 小 牧 童， 我 不 该 那 样 对 待 小 伙

bàn men　 wǒ cuò le　 wǒ bǎ tā men dōu jiào lái　 nǐ jiāo tā men
伴 们， 我 错 了， 我 把 他 们 都 叫 来， 你 教 他 们

chuī dí zi ba
吹 笛 子 吧！"

xiǎo mù tóng tīng pí pi zhè yàng shuō　　 biàn bú zài shēng qì le
小 牧 童 听 皮 皮 这 样 说， 便 不 再 生 气 了，

tā yòu tiào le xià lái　 jiào pí pi chuī dí zi　　 pí pi jiào lái le
他 又 跳 了 下 来， 教 皮 皮 吹 笛 子。 皮 皮 叫 来 了

xiǎo huǒ bàn　　tā men hé xiǎo mù tóng zài yì qǐ wánr　de fēi cháng
小伙伴，他们和小牧童在一起玩儿得非常

kāi xīn
开心。

小刺猬皮皮

成长对话

　　皮皮的自私使小伙伴们远离了他，就连小牧童也生他的气了，好在皮皮及时地改正了错误。每个人都会犯错，这并不可怕，只要能改正错误，那么一切就都不晚，不是吗？

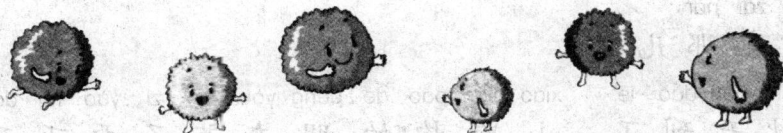

小鞭炮的歌

xiǎo biān pào guà zài yì suǒ jiù fáng zi
小鞭炮挂在一所旧房子
de wū yán xià fáng zi li zhù zhe lǎo pó
的屋檐下，房子里住着老婆
po hé tā de xiǎo sūn nǚ tā men de shēng
婆和她的小孙女，她们的生
huó guò de hěn jiān nán píng rì li méi yǒu
活过得很艰难，平日里没有
shén me huān lè kě yán
什么欢乐可言。

xiǎo biān pào hěn xiǎng bāng zhù tā men gěi tā men sòng qù xiē
小鞭炮很想帮助她们，给她们送去些
huān lè kě shì rì zi yì tiān tiān guò qù le xiǎo biān pào xiǎng bu
欢乐，可是日子一天天过去了，小鞭炮想不
chū shén me bàn fǎ lái bāng zhù tā men tā hái shi wú shēng wú xī
出什么办法来帮助她们，它还是无声无息
de guà zài nàr
地挂在那儿。

qiū tiān dào le xiǎo biān pào de péng you yàn zi yào fēi dào nán
秋天到了，小鞭炮的朋友燕子要飞到南
fāng qù le yàn zi lái xiàng xiǎo biān pào dào bié xiǎo biān pào
方去了。燕子来向小鞭炮道别。小鞭炮
shuō yàn zi nǐ zǒu le lǎo pó po hé xiǎo nǚ hái'r jiù gèng
说："燕子，你走了，老婆婆和小女孩儿就更
gū dān le wǒ duō xiǎng néng dài gěi tā men kuài lè a kě shì
孤单了！我多想能带给她们快乐啊，可是

wǒ zuò bu dào
我做不到。"燕子说："我去过
yàn zi shuō
wǒ qù guo

yí gè dì fang
一个地方，那里的人们过年时
nà lǐ de rén men guò nián shí

jiù huì rán fàng yí chuàn chuàn biān pào
就会燃放一串 串鞭炮，鞭炮
biān pào

huì fàng chū měi lì de liàng guāng
会放出美丽的亮光，还会唱
hái huì chàng

chū xiǎng liàng de gē
出响亮的歌，人们见到它都
rén men jiàn dào tā dōu

hěn kāi xīn
很开心。但是鞭炮燃放后，它
dàn shì biān pào rán fàng hòu
tā

zì jǐ jiù huì biàn chéng suì piàn
自己就会变成碎片！"小鞭
xiǎo biān

pào tīng hòu jué dìng rán fàng zì
炮听后决定燃放自
jǐ

jǐ gěi lǎo pó
己，给老婆

po hé xiǎo
婆和小

女孩儿带来一点欢乐。

再过几天正好就是新年。这天，别人家里都买了很多过年的东西，他们都很开心，而老婆婆和小女孩儿却没有钱买年货，只好坐在低矮的屋子里暗自伤心。小鞭炮憋足了劲儿，晃动着身子，猛地接触到了从火盆里飘上来的一颗火星，只听"砰"的一声，老婆婆和小女孩儿看到了一朵鲜艳夺目的"花儿"，听到了小鞭炮唱出的响亮的"歌"，她们终于开心地笑了。

成长对话

小鞭炮牺牲了自己换来了别人的快乐，它在别人的笑声中也感受到了幸福。其实很多时候奉献并不需要回报，只要真心付出去帮助别人，就一定会得到快乐。

一对患难好友

dà gōng jī hé yā zi shì yí duì hǎo péng you　tā men chī
大公鸡和鸭子是一对好朋友，它们吃

fàn　xiū xi　xī xì dōu zài yì qǐ　　yǒu yì tiān　dà gōng jī tīng
饭、休息、嬉戏都在一起。有一天，大公鸡听

dào lǎo gōng gong yào qǐng kè rén lái chī fàn　zhèng hé lǎo pó po
到老公公要请客人来吃饭，正和老婆婆

shāng liang zài jī hé yā zhī jiān xuǎn zé yì zhī shā diào kuǎn dài kè
商量在鸡和鸭之间选择一只杀掉款待客

rén　　lǎo gōng gong jué dìng shā diào bú huì dǎ míng de yā zi
人。老公公决定杀掉不会打鸣的鸭子。

dà gōng jī yì tīng dào
大公鸡一听到

zhè ge xiāo xi lì kè
这个消息，立刻

pǎo qù gào su le yā
跑去告诉了鸭

zi yā zi yì tīng hěn
子，鸭子一听很

hài pà dàn shì dà gōng
害怕，但是大公

jī shuō xiōng di bú yào
鸡说："兄弟，不要

hài pà wǒ qǐng shān yáng dà gē bǎ wǒ
害怕，我请山羊大哥把我

de zuǐ gěi nǐ zhuāng shàng zhè yàng nǐ jiù néng dǎ míng le zhǔ
的嘴给你装上，这样你就能打鸣了，主

rén yě jiù bú huì shā diào nǐ le guǒ rán dào le dì èr tiān
人也就不会杀掉你了。"果然，到了第二天，

lǎo gōng gong kàn dào yā zi yě huì dǎ míng jiù jué dìng shā diào dà
老公公看到鸭子也会打鸣，就决定杀掉大

gōng jī dà gōng jī hé yā zi shāng liang le yí xià jué de rú
公鸡，大公鸡和鸭子商量了一下，觉得如

guǒ bù lí kāi shǐ zhōng huì yǒu yí gè bèi shā diào yú shì tā men
果不离开，始终会有一个被杀掉，于是它们

jué dìng táo pǎo wèi le yóu guò yì tiáo dà hé yā zi bǎ zì jǐ
决定逃跑。为了游过一条大河，鸭子把自己

de yì tiáo tuǐ gěi le dà gōng jī yú shì tā men hù xiāng pèi hé
的一条腿给了大公鸡，于是他们互相配合

zhe yóu guò le dà hé dào yuǎn chù qù xún zhǎo xìng fú zì yóu de
着游过了大河，到远处去寻找幸福自由的

shēng huó le dà gōng jī hé yā zi suī rán yù dào le bù shǎo kùn
生活了。大公鸡和鸭子虽然遇到了不少困

nan　dàn shì tā men néng zhèn dìng miàn duì　bìng qiě xiāng hù bāng zhù
难，但是它们能镇定面对，并且相互帮助

zhe dù guò le nán guān　bú kuì shì yí duì huàn nàn de hǎo péng
着渡过了难关，不愧是一对患难的好朋

you a
友啊！

成长对话

　　朋友是一个人生命中最珍贵的财富，特别是共患难的好朋友，更是应该加倍珍惜。故事中的这对好朋友的感情令人感动，它们相互帮助和鼓励，一起走向崭新的生活，读了这个故事，你是否也会想到你最好的伙伴呢？

风宝宝

风宝宝是个活泼快乐的孩子。它在山里唱着歌儿跑来跑去,把树叶吹得沙沙作响;它来到小河边,在河面上吹起层层波纹。

一天夜里,风宝宝来到了一个小村子,在这个村子边上的一座小泥屋里,有一个老婆婆正

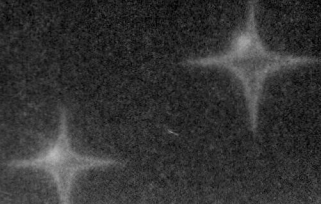

在给一个生病的孩子讲故事。孩子想听太阳的故事，可是老婆婆不会讲。风宝宝钻进小泥屋里，给孩子讲起了太阳的故事。可是孩子却听不懂风宝宝的话，一个劲儿地说冷，风宝宝只好悄悄地走了。

在路上，风宝宝看见了一架大风车。大风车对它说："风宝宝，过来帮帮我吧！使劲儿吹吧！这样既能把欢乐和温暖送给孩子，还能把光明带给村子。"风宝宝鼓动着小嘴，用力地吹着风车。风车越转越快，一股强大

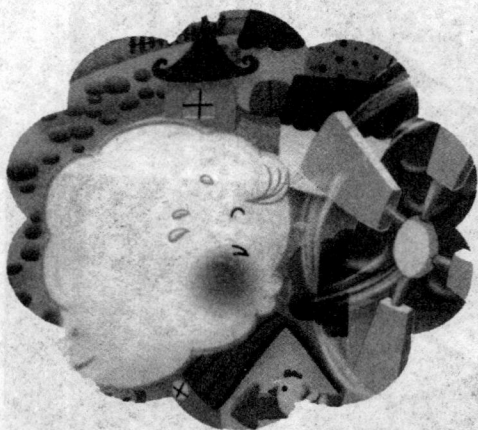

的电流传到了村子里，村子马上就变得明亮起来了。生病的孩子开心地叫起来，他的病也一下子好了许多。

　　风宝宝很开心，虽然它流了很多汗，但它还是一个劲儿地吹着风车，将电流源源不断地送往村子……

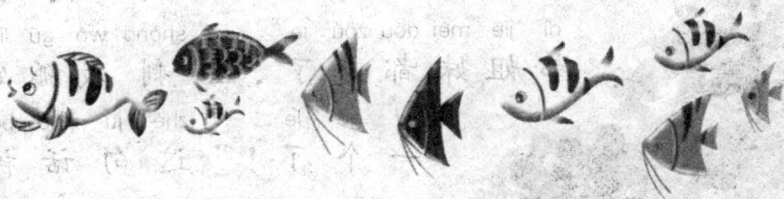
成长对话

　　助人为乐是一种美好的品德，风宝宝在帮助别人的同时也收获了巨大的快乐。你是否也曾为别人贡献过自己的力量呢？看着他们满意的笑脸，你的心中是不是也盛满了大大的幸福呢？

快乐的苹果

秋天到了，苹果树上的大苹果又红又圆，太阳一照还闪着光。果农们到山上来摘果子了，大家把苹果装在了筐里，又搬到车上。傍晚时，运苹果的卡车开走了，可是有一棵苹果树上还剩下一个苹果，因为它个头太小，被树叶遮住了，所以没有被摘走。小苹果伤心地说："我的兄弟姐妹都走了，就剩我孤零零一个了！"这句话被树下的小兔子听到了，小兔子说："我来陪你吧！这样你就不孤单了。"小兔子陪小苹果说话，还给它唱歌。

突然，树丛里蹿出了一只黄鼠狼，正准备扑向小兔子。小苹果在树上看到了这一切，但是已经来不及对小兔子说了，就赶紧从树上往下跳，一下砸在了黄鼠狼头上。黄鼠狼被砸晕了，小兔子趁机躲了起来。等黄鼠狼醒来，看见地上只剩下一个苹果，就把苹果吃了。

黄鼠狼走后，小兔子来到苹果树下，看不见小苹果，它伤心极了。这时，小兔子听到一个声音说："你不要难过，我还在啊！"小兔子一看，原来是地上的苹果

zhǒng zi zài shuō huà xiǎo tù zi bǎ píng guǒ zhǒng zi dài huí le

种子在说话。小兔子把苹果种子带回了

jiā zhòng zài le mén kǒu cóng nà yǐ hòu měi nián qiū tiān xiǎo

家，种在了门口。从那以后，每年秋天小

tù zi dōu yǒu hǎo duō de píng guǒ péng you tā men yì qǐ wánr

兔子都有好多的苹果朋友，它们一起玩儿

de kě kāi xīn le

得可开心了。

成长对话

　　苹果因为有了小兔子的陪伴告别了孤单，小兔子因为苹果的帮助逃脱了险境，它们相互帮助和关爱，共同度过很多快乐的时光。如果你也拥有一颗乐于助人的爱心，相信你的生活也会充满阳光的。

意外之财

从前，有一对儿老夫妻，他们非常恩爱。不幸的是妻子得病死了，老汉想请邻居帮忙为老伴儿挖坟墓，但是因为老汉穷，没人愿意来。他想请村里的神甫为老伴儿做祈祷，神甫也嫌他穷，拒绝为他服务。

无奈之下，老汉只好自己挖坟墓。突然，他挖出一坛金币，这下有钱了，帮忙的人也多了起来。神甫也来了，老汉给了他一个金

币，他高兴极了，便
为死者主持了葬礼。

葬礼结束后，老汉请
神甫参加葬后宴。

众人走后，神甫神
秘地问："你怎么突然有这么多钱，原先你
不是很穷吗？"憨厚的老汉把发现金币的过
程全部告诉了神甫。神甫听后，计上
心来。

一天晚上，神甫身披一张山羊皮来
到了老汉家，他站在窗外，用上帝一样
的口吻对老汉说："金币是我同情你，送给
你的，我以为你拿够安葬费就行了呢，没想
到你这么贪婪，快把剩下的钱交出来。"老
汉想：没钱时，我也活得好好儿的，把钱给
他，我的日子也照样过。于是，老汉把金币

jiāo le chū lái
交了出来。

shén fu pěng zhe jīn bì huí jiā le   kě shì shēn shang de shān
神甫捧着金币回家了，可是身上的山

yáng pí què zěn me yě tuō bu diào le   zhè yí dìng shì shàng dì zài
羊皮却怎么也脱不掉了，这一定是上帝在

chéng fá tā
惩罚他。

成长对话

　　贪婪的神甫最终受到了应有的惩罚。人生之路是应该一步一个
脚印地走下去的，幸福要靠自己的努力去争取，而不应该寄希望于意
外之财，靠自己双手获得的幸福才是踏实的。

好心的小妖妖

xiǎo yāo yao zài sēn lín li fēi cháng
小妖妖在森林里非常

shòu huān yíng dà jiā dōu hěn xǐ huan
受欢迎，大家都很喜欢

tā shèng dàn jié jiù
他。圣诞节就

yào dào le xiǎo yāo yao
要到了，小妖妖

chuān shàng yī fu dài
穿上衣服，戴

shàng mào zi ná zhe
上帽子，拿着

tā de xiǎo mó bàng lái
他的小魔棒来

dào le dà sēn lín li tā zǒu jin qu yí kàn yā zhè xiē tān
到了大森林里。他走进去一看，呀！这些贪

wánr de xiǎo dòng wù chǔ cáng shí wù de dì jiào kōng le dōu bù
玩儿的小动物，储藏食物的地窖空了都不

zhī dào zài guò jǐ tiān jiù yào è dù zi le
知道，再过几天就要饿肚子了。

xiǎo dòng wù men zài mén wài dǎ zhe xuě zhàng xiǎo yāo yao kàn
小动物们在门外打着雪仗，小妖妖看

dào tiān kōng zhōng guà zhe yí dào měi lì de cǎi hóng jiù gān cuì lì
到天空中挂着一道美丽的彩虹，就干脆利

luo de pá shàng zuì gāo de shù cóng mó fǎ dài li ná chū jiǎn dāo
落地爬上最高的树，从魔法袋里拿出剪刀，

"咔嚓咔嚓"剪下一长条。小妖妖把彩虹拉回家剪成了三十份彩色蛋糕分给小动物们，小动物吃得香甜又快活。就剩最后一块蛋糕了，小妖妖刚想拿起来吃，就看到桌子下面有一双黑油油的眼睛盯着那块蛋糕。哦，原来是小松鼠还没有吃到呢。

"给你吧！"小妖妖把最后的一块蛋糕给了小松鼠。小妖妖又取出自己存的粮食，悄悄地给小动物们放在地窖里。

xiǎo dòng wù men dì èr tiān cái fā xiàn xiǎo yāo yao gěi tā men de
小 动 物 们 第 二 天 才 发 现 小 妖 妖 给 他 们 的

lǐ wù jiù yì qǐ pǎo dào xiǎo yāo yao de jiā mén kǒu kě shì tā
礼 物 , 就 一 齐 跑 到 小 妖 妖 的 家 门 口 , 可 是 他

men kàn dào xiǎo yāo yao de mén shang tiē zhe yí kuài xiǎo mù bǎn mù
们 看 到 , 小 妖 妖 的 门 上 贴 着 一 块 小 木 板 , 木

bǎn shang xiě zhe xiǎo yāo yao dōng mián la míng nián zài jiàn ba
板 上 写 着 : 小 妖 妖 冬 眠 啦 , 明 年 再 见 吧 !

xiǎo dòng wù men shéi dōu méi yǒu shuō huà zhǐ shì jìng jìng de kàn
小 动 物 们 谁 都 没 有 说 话 , 只 是 静 静 地 看

zhe xiǎo yāo yao de jiā xīn li xiǎng zhe míng nián yí dìng hé xiǎo
着 小 妖 妖 的 家 , 心 里 想 着 , 明 年 一 定 和 小

yāo yao hǎo hāor de wánr yì cháng
妖 妖 好 好 儿 地 玩 儿 一 场 !

成长对话

善良的小妖妖默默地为小动物们做了很多好事,他热心地帮助了那些需要帮助的人,并不要任何回报。孩子们,读过这个故事,看一看你的身边,当有人需要帮助的时候,你会善意地伸出援助之手吗?

玩弹弓的孩子

涛涛最喜欢玩儿弹弓了。他总是用弹弓打鸟儿，妈妈教育他很多次他都不听。

这天，他来到小树林里，发现这里有好多小鸟，就赶紧捡了些小石子儿。涛涛瞄准了一只小麻雀，这只小麻雀的翅膀受伤了，涛涛一打，它便掉了下来。涛涛还是第一次打中猎物呢。他来到树下，用手

捧起那只受伤的小麻雀。看着在手心里颤抖的小麻雀，涛涛突然很难过。他急忙把小麻雀捧回了家，让妈妈救治它。妈妈说："小麻雀的妈妈一定很伤心吧！"涛涛听到这话就更后悔了。他把弹弓扔到了垃圾箱里，发誓再也不玩儿弹弓了。涛涛精心地照顾小麻雀，没过几天，小麻雀便康复了。涛涛把小麻雀放归了树林，看着小麻雀越飞越远，涛涛心里高兴极了。

成长对话

　　在成长的过程中每个人都会犯错，却也在错误中学会爱与关怀。故事中的小男孩经历了属于他的成长。生活中的你是否也能够勇敢地承认错误、改正错误，为自己的成长之路添上精彩的一笔呢？

两粒种子

yǒu zhè yàng liǎng lì zhǒng zi　yí lì shì lán sè de　yí lì
有这样两粒种子，一粒是蓝色的，一粒

shì huáng sè de　tā men bèi nóng fū mái dào le ní tǔ li　bù
是黄色的，他们被农夫埋到了泥土里，不

zhī dào zài ní tǔ li shuì le duō jiǔ
知道在泥土里睡了多久。

yì tiān　suí zhe yí zhèn hōng lōng lōng de léi shēng　dà dī dà
一天，随着一阵轰隆隆的雷声，大滴大

dī de yǔ diǎn luò dào e dì shang　lán zhǒng zi bèi jīng xǐng le
滴的雨点落到了地上，蓝种子被惊醒了。

lán zhǒng zi shēn shen lǎn yāo shuō
蓝种子伸伸懒腰说：

shuì de zhēn shū fu　zhè shì shén
"睡得真舒服，这是什

me shēng yīn a　wǒ yào
么声音啊？我要

chū qù kàn kan wài
出去看看外

面怎么了。"说完就使劲向上拱。

这时，黄种子也醒了，他看着向上拱的蓝种子说："你在做什么啊？把我都吵醒了。""我要出去看看外面的世界，你也和我一起去吧！"黄种子回答说："不，我还要睡觉呢！"说完，黄种子又睡着了。

蓝种子没办法，只好自己向外拱。就这样，他一直在泥土里钻啊、拱啊，也不知道过了多长时间，他终于拱了出来。这时

他看见了外面美丽的世界，暖暖的阳光照在他身上舒服极了。

而黄种子还在泥土里睡

jiào ne　　lán zhǒng zi zài wài
觉 呢 。 蓝 种 子 在 外

miàn jiào dào　　　āi　　nǐ yě chū
面 叫 道 ：" 哎 ， 你 也 出

lái kàn kan ba　　wài miàn de shì
来 看 看 吧 ， 外 面 的 世

jiè tài měi le　　yú shì huáng
界 太 美 了 。" 于 是 ， 黄

zhǒng zi yě gǒng chū le dì miàn　tā dì yī cì hū xī
种 子 也 拱 出 了 地 面 ， 他 第 一 次 呼 吸

dào zhè me xīn xiān de kōng qì　zài lán zhǒng zi de dài
到 这 么 新 鲜 的 空 气 ， 在 蓝 种 子 的 带

lǐng xià tā zhōng yú biàn de yǒng qì shí zú le
领 下 他 终 于 变 得 勇 气 十 足 了 。

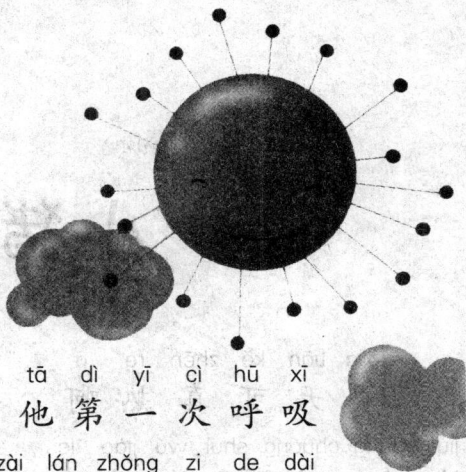

成长对话

外面的世界很精彩，勇敢地走出去，你也可以像蓝种子一样，感受到新鲜的空气、暖暖的阳光。如果只生活在自己的小世界里，是无法感受外面世界的美好的。

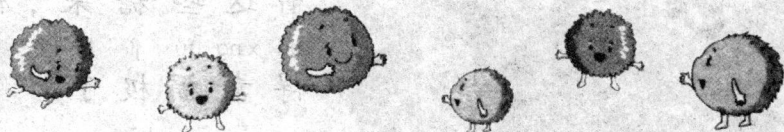

小猪买糖

夏天可真热啊。吃过午饭，小猪胖胖就上床睡午觉了，不知不觉中他进入了甜美的梦乡。在梦里，他过生日了，妈妈给他买了许多糖果，有巧克力、橡皮糖、花生糖、棒棒糖……胖胖开心极了，他一块接一块地品尝着这些糖果，他觉得幸福极了。

忽然，梦醒了，可胖胖还没吃够糖果

呢，胖胖悻悻地揉着眼
睛，无奈地说：
"我还没吃够糖
呢，醒得可真不
是时候。"于是，
他从床上起来，

把家里的糖果罐翻了个
遍，可是他没找到一块糖。哎，都
怪妈妈管得太严了。没办法，胖胖只
好从储蓄罐里拿出了一元钱，打算自己
去买点糖。

在去买糖的路上，胖胖遇到了熊阿姨
和小熊贝贝，小熊贝贝的一半脸肿了起
来，胖胖有礼貌地问："阿姨，您带着贝贝
去哪了？"熊阿姨说："贝贝的牙昨晚疼了
一夜，今天我带他去羊医生那里打消炎

针，都是因为他太爱吃糖
了。"胖胖关切地问贝贝：
"贝贝，打针疼吗？"贝贝愁
眉苦脸地说："都快疼死我
了，但总比拔牙要好吧，以后
我再也不吃糖了。"

告别了小熊母子，胖胖并没有去商店
买糖，而是直接去学校了。

成长对话

嘴馋的胖胖最终放弃了买糖果的想法，因为有得必有失。很多
人在选择面前总会失去方向，可是，只要知道自己最需要的是什么，
就永远都会有一双明亮的眼睛和一颗坚定的心。

神奇的医书

cì wei dà fu yǒu běn shén qí de yī shū　zhǐ yào duì zhe bìng
刺猬大夫有本神奇的医书，只要对着病
rén niàn yī shū shang xiě de zhì liáo zhòu yǔ　jiù kě yǐ bǎ bìng rén
人念医书上写的治疗咒语，就可以把病人
de jí bìng shōu jí qi lai　bú yòng dǎ zhēn chī yào　bìng rén de
的疾病收集起来，不用打针吃药，病人的
bìng lì kè jiù néng hǎo　cì wei dà fu bǎ jí bìng zhuāng zài yí
病立刻就能好。刺猬大夫把疾病装在一
gè píng zi li　shí jiān jiǔ le　jí bìng chà bu duō dōu bèi tā guān
个瓶子里，时间久了，疾病差不多都被他关
zài píng zi li le　suǒ yǐ tā yě xián le xià lái　kě shì tā bìng
在瓶子里了，所以他也闲了下来。可是他并
bù zhī dào　shén qí de yī shū shōu jí jí
不知道，神奇的医书收集疾
bìng de tóng shí bǎ dòng wù bǎo bǎo men
病的同时把动物宝宝们
de xiào shēng yě shōu
的笑声也收
jí qi lai le
集起来了。

yì tiān　hú li
一天，狐狸
mā ma duì tā
妈妈对他
shuō　tā
说，她

de bǎo bǎo bù zhī dào wèi shén
的宝宝不知道为什

me zuì jìn yí gè yuè yì
么，最近一个月，一

zhí yě bú xiào cì wei dài
直也不笑。刺猬大

fu xiào zhe shuō zhè bú
夫笑着说："这不

suàn shén me bìng jiù ràng
算什么病。"就让

hú li mā ma huí qù le
狐狸妈妈回去了。

guò le jǐ tiān lǎo xiàng yòu shuō dài fu wǒ de hái zi
过了几天，老象又说："大夫，我的孩子

yì diǎnr dōu bú xiào zěn me bàn ne cì wei dài fu xiǎng
一点儿都不笑，怎么办呢？"刺猬大夫想：

nán dào jí bìng méi le dà jiā dōu jué de méi yì si la
难道疾病没了，大家都觉得没意思啦？

sòng zǒu le lǎo xiàng cì wei dà fu méi tóu jǐn suǒ zhè shì
送走了老象，刺猬大夫眉头紧锁，这是

shén me bìng ne zěn me tū rán suǒ yǒu
什么病呢？怎么突然所有

de hái zi dōu bú xiào le ne cì wei
的孩子都不笑了呢？刺猬

dà fu gǎn jǐn fān chū le tā de yī shū
大夫赶紧翻出了他的医书，

xiǎng zài shàng miàn xún zhǎo dá àn kě
想在上面寻找答案。可

是一不小心，他碰倒了用来装疾病的瓶子，这下所有的疾病都从瓶中跑了出来。这时，从瓶中传来了一阵笑声，那是孩子们的笑声。刺猬大夫这才知道，他在收集孩子们身上的疾病时，孩子们的笑声也被瓶子收集起来了……

成长对话

刺猬大夫把小动物们的笑声收进了瓶子，没有了笑声的小动物们也都失去了快乐。如果生活中缺少了笑声，那真是一件可怕的事情呢，所以，我们一定要时刻保持微笑，这样世界才会更加美好和多彩，你说呢？

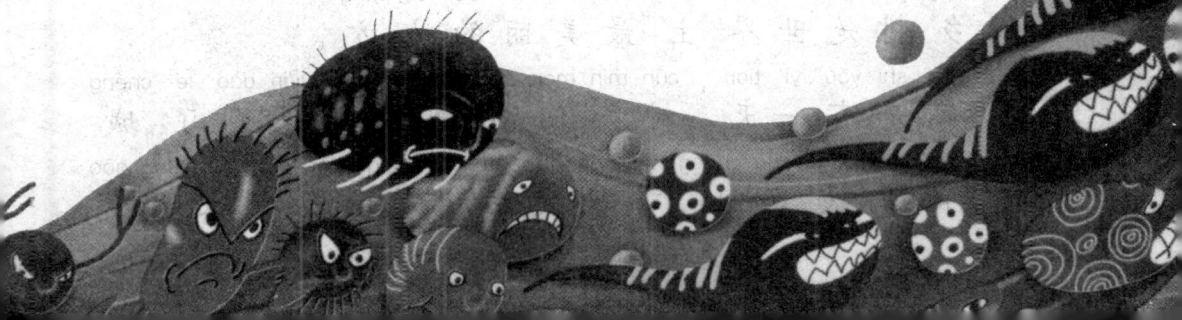

美丽的乡村

xiǎo sōng shǔ shēng huó zài yí gè shí fēn měi lì de xiǎo xiāng cūn
小 松 鼠 生 活 在 一 个 十 分 美 丽 的 小 乡 村
lì zài nà lǐ tiān kōng hěn lán cǎo dì hěn lǜ shuǐ hěn qīng
里，在 那 里 天 空 很 蓝，草 地 很 绿，水 很 清，
kōng qì yě hěn qīng xīn cūn mín men dōu hěn mǎn zú jué de zhè ge
空 气 也 很 清 新，村 民 们 都 很 满 足，觉 得 这 个
xiǎo xiāng cūn shì shì jiè shang zuì měi lì de dì fang
小 乡 村 是 世 界 上 最 美 丽 的 地 方。
kě shì yǒu yì tiān cūn mín men zài diàn shì li jiàn dào le chéng
可 是 有 一 天，村 民 们 在 电 视 里 见 到 了 城
shì tā men fā xiàn chéng shì hěn fā dá ér qiě hái yǒu hěn duō gāo
市，他 们 发 现 城 市 很 发 达，而 且 还 有 很 多 高

楼大厦和汽车，气派极了。

　　小松鼠和村民们也决定将自己的乡村

建设成一座城市。他们将草地、河流……

都变成了高楼、马路，很快他们的乡村就

变成了城市。开始，村民们都觉得城市

真是太好了，什么都有，做什么都很方便。

但是时间长了他们发现，想散步的时候却

没有了草地，想游泳的时候

却没有了河流，空气也变得

越来越不好，他们每天只能

待在高楼里看电视，看

街道上川流

bù xī de chē liàng　zhè shí　tā men kāi shǐ huái niàn xiāng cūn de
不息的车辆。这时，他们开始怀念乡村的

cǎo dì　hé liú hé qīng xīn de kōng qì
草地、河流和清新的空气。

zuì hòu　　zài xiǎo sōng shǔ de dài lǐng xià cūn mín men dōu bù yuē
最后，在小松鼠的带领下村民们都不约

ér tóng de zuò chū le yí gè jué dìng　chāi diào yì xiē dà lóu　zài
而同地做出了一个决定：拆掉一些大楼，在

zhè xiē dì fang zhòng shù　zhòng cǎo　yīn wèi zhè xiē bǐ dà lóu yào
这些地方种树、种草，因为这些比大楼要

měi lì duō le
美丽多了！

成长对话

　　大自然赋予的一切就是最美的，故事中的村民们最终认识到了这一点，村庄再次恢复了往日的美丽。孩子们，你要学会珍惜自己身边拥有的东西，那才是生命中无与伦比的美好。

爱凑热闹的长颈鹿

yǒu yí wèi cháng jǐng lù xiān sheng tè bié xǐ huan còu rè
有一位长颈鹿先生，特别喜欢凑热
nao yīn wèi tā de bó zi cháng suǒ yǐ còu qǐ rè nào lai hěn fāng
闹，因为他的脖子长，所以凑起热闹来很方
biàn tā kě yǐ hěn qīng sōng de bǎ cháng
便，他可以很轻松地把长
bó zi shēn dào bié rén qián miàn
脖子伸到别人前面
qù rán hòu tā zài bǎ tā tīng
去。然后，他再把他听
dào hé kàn dào de shì qing jiǎng gěi bié rén
到和看到的事情讲给别人
tīng kàn dào bié rén rèn zhēn tīng de yàng zi cháng jǐng lù jué
听，看到别人认真听的样子，长颈鹿觉
de zì jǐ hěn liǎo bu qǐ
得自己很了不起。

kě shì yǒu de rén què shuō zhè méi yǒu shén me hǎo dé yì
可是有的人却说，这没有什么好得意
de cháng jǐng lù xiān sheng jué de hěn wěi qu tā hěn xiǎng xiàng
的。长颈鹿先生觉得很委屈。他很想向
tā men zhèng míng zì jǐ shì ge liǎo bu qǐ de rén
他们证明，自己是个了不起的人。

yǒu yì tiān fā shēng le yí jiàn hěn qí guài de shì mǎn tiān
有一天，发生了一件很奇怪的事。满天
de xīng xing tū rán dōu bú jiàn le tiān kōng dùn shí biàn de àn dàn
的星星突然都不见了，天空顿时变得暗淡

xia lai sēn lín li
下来。森林里
de dòng wù dōu zuò zài
的动物都坐在
yì qǐ xiǎng bàn fǎ zhè yàng de shì dāng
一起想办法，这样的事当
rán shǎo bu liǎo ài còu rè nao de cháng jǐng
然少不了爱凑热闹的长颈
lù xiān sheng tā bǎ tóu jǐ jìn qu kàn le
鹿先生，他把头挤进去看了
kàn kàn jiàn dà jiā dōu zài rèn rèn zhēn zhēn
看，看见大家都在认认真真
de xiǎng bàn fǎ ne jiù tā yí gè rén zài
的想办法呢，就他一个人在
còu rè nao tā jué de hěn bù hǎo yì
凑热闹。他觉得很不好意
si yú shì yě kāi shǐ gēn dà jiā yì
思，于是也开始跟大家一
qǐ xiǎng bàn fǎ
起想办法。

cháng jǐng lù xiān sheng hěn
长颈鹿先生很

聪明，他对着天空仔细看了看，发现原来满天的星星都被浓密的乌云遮住了。他伸长脖子，"呼呼"地对着乌云吹气，乌云一点点散开了，慢慢露出了满天的星星。

大家很高兴，都夸长颈鹿先生能干。长颈鹿先生也很高兴，因为这比凑热闹有趣多了，最主要的是，他证明了自己是很了不起的。

成长对话

长颈鹿帮助小动物们找回了星星，它用智慧证明了自己的能力，也因此受到了大家的尊敬。一个人的能力是不会被埋没的，只要你真的有实力，就一定会在某一时刻发挥出自己的作用。

开 窗 户

cóng qián yǒu ge rén gài le yí zuò fáng zi   kě shì tā wàng
从 前，有 个 人 盖 了 一 座 房 子，可 是 他 忘

le zài fáng zi shang kāi chuāng hu   lín jū duì tā shuō   méi yǒu
了 在 房 子 上 开 窗 户。邻 居 对 他 说："没 有

chuāng hu   yáng guāng zhào bu jìn lái   nǐ kuài kāi yí shàn chuāng hu
窗 户，阳 光 照 不 进 来，你 快 开 一 扇 窗 户

ba   nà ge rén xiǎng le xiǎng   shuō
吧。"那 个 人 想 了 想，说：

chuāng hu kāi zài nǎ biān yáng guāng cái néng
"窗 户 开 在 哪 边 阳 光 才 能

duō xiē ne
多 些 呢？"

dì èr tiān zǎo shang   nà
第 二 天 早 上，那

rén kàn jiàn tài yáng cóng dōng
人 看 见 太 阳 从 东

biān shēng qi lai le   jiù
边 升 起 来 了，就

说："对，窗户应该开在东边的墙上。"于是，他用锤子在东墙上开始凿洞。可是不久太阳就跑到头顶上了。他又说："好像开个天窗更合适。"

他搬来一架梯子，爬上了屋顶，开始在房顶动手抽瓦片。

突然，他听到邻居对他说："太阳跑到西边了。"那人听后，有点生气地说："这个太阳，居然跟我玩儿捉迷藏，但是不管它跑到哪儿，我一定要让它照进我的房子。"

说完，他又开始在西墙上凿洞。可是过了一会儿，太阳落山了。那人气得跺着脚大喊："哼，你钻到地下，我就开地窗。"

晚上，那个人在房子里的地上不停地挖着，邻居们问他在做什么，他说太阳跑

dào dì xià le
到 地 下 了，

tā yào kāi ge dì
他 要 开 个 地

chuāng   lín jū men
窗。邻 居 们

gǎn dào tā de xíng wéi hěn
感 到 他 的 行 为 很

hǎo xiào kě shì dōu méi yǒu chāi
好 笑，可 是 都 没 有 拆

chuān tā   dì èr tiān lín jū men
穿 他。第 二 天，邻 居 们

xǐng le zhī hòu kàn jiàn nà rén hái zài bù tíng de wā
醒 了 之 后，看 见 那 人 还 在 不 停 地 挖

ne   dà jiā jiù gào su tā tài yáng yòu cóng dōng bian shēng qi lai
呢！大 家 就 告 诉 他，太 阳 又 从 东 边 升 起 来

le nà rén yí kàn qì de yí xià zi tān dǎo zài le dì shang
了。那 人 一 看，气 得 一 下 子 瘫 倒 在 了 地 上。

成长对话

我们做事的时候，一定要多动脑，不能只凭事物的表面现象做出判断，否则就会像故事中的这个人一样，所有的努力都是白费力气，最终一无所获。

牛牛画画

牛牛是幼儿园中班的学生，长得虎头虎脑，是个又活泼又可爱的孩子，可他最大的缺点就是贪玩儿。

语文课上，老师讲了《神笔马良》的故事，牛牛听得很着迷，也想有支马良那样的神笔。

一天，牛牛午睡时做了一个梦。他梦到自己来到了一片绿油油的菜地里，那里的风景很迷人。在那里他看见了马良，牛牛很想要一支马良那样的神笔，就说："马良哥哥，把你的神

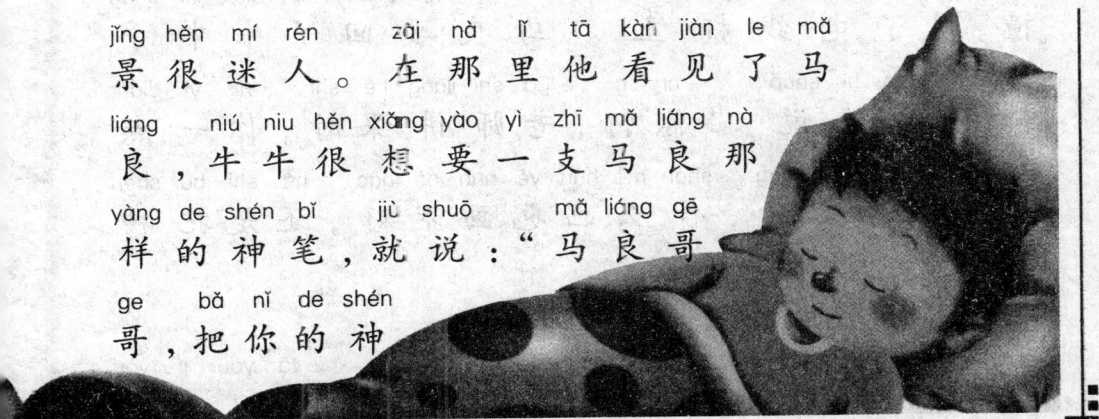

笔借给我吧！""好啊，不过，我得考考你。""你先画一匹马吧！"牛牛想：画马还不容易吗？老师在美术课上给我们画过。

他很快就把马画好了，哎呀，这匹马站在地上，走起路来一拐一拐的。原来牛牛画的这匹马一条腿长，一条腿短，没法走路。

随后，牛牛又画了一只小鸟。可是他又忘了给鸟画眼睛了，只见小鸟飞着飞着就撞到了电线杆上。马良要回了牛牛手中的神笔说："你啊，老师讲课时，你一点儿也没用心听，什么画也画不好，还是把神笔还给我吧！"

牛牛不想把神笔还给马良。他又急又

huǐ wā wā de kū qǐ lai le zhè shí mā ma tuī xǐng le
悔，"哇哇"地哭起来了。这时，妈妈推醒了

tā niú niu zhēng kāi yǎn zhè cái zhī dào zì jǐ zài zuò mèng
他，牛牛睁开眼，这才知道自己在做梦。

cóng cǐ niú niu zài yě bù tān wánr le shàng kè shí yě néng
从此，牛牛再也不贪玩儿了，上课时也能

rèn zhēn tīng jiǎng le
认真听讲了。

成长对话

贪玩儿的牛牛让马良失望地收回了自己的画笔，牛牛又急又悔……好在这只是一场梦。牛牛已经认识到了自己的错误，他变成了一个认真的孩子。只有认真勤奋的孩子才能得到梦想中的礼物。

老虎学本领

很久很久以前，猫是森林里的大王，森林中很多动物都是猫的徒弟，但是这些动物都只跟猫学了一样本领后就不学了，并且学会本领后都很骄傲，不认猫这个师傅。因此，猫决定不再收徒弟了。

当时老虎是森林中最懦弱的动物，于是他去找猫学本领，但是猫已经不再收徒弟了。可是老虎并不放弃，为了让猫改变主意，老虎决定站在猫家门前，直到猫答应收自己为徒为止。

就这样，老虎不吃也不喝在猫家门前站了20天。就在第20天的晚上，天下起了

大雨，但老虎还是没有走的意思。看着雨中
的老虎，猫被感动了，于是就收下了这个
徒弟。

　　猫在教老虎的时候很用心，老虎学得也
很用心，但后来他变得骄傲了，
渐渐地不把猫放在眼里了。
一天，老虎觉得自己的
本领学得差不多了，
就想把猫杀

了，自己来当森林大王。一次老虎趁猫不注意从猫背后将猫打伤了，就在危急时刻，猫爬上了树，老虎见抓不到猫就走了。

从此以后，猫离开了森林，老虎就成了森林大王。

成长对话

　　人是不应该为自己的一点点成绩忘乎所以的，过分的骄傲很可能让你失去原本应该得到的东西。不满足现状才能有前进的动力，每前进一步，也就向成功更靠近了一步。

小猫捉鱼

猫妈妈带着小猫到河边捉鱼，小猫一到河边就玩儿起水来，猫妈妈生气地说："我是带你到河边来捉鱼的，不是来玩儿水的。"但是小猫还是玩儿。猫妈妈生气地揪起小猫，把他丢到了岸上，对他说："你把鱼都吓跑了，给我安安静静地在岸上待着！"小猫坐在岸边，心想：我真希

wàng mā ma néng zhuō dào yì tiáo dà yú　zhèng xiǎng zhe　māo mā
望妈妈能捉到一条大鱼，正想着，猫妈

ma guǒ zhēn zhuō dào le yì tiáo dà yú　xiǎo māo zǒu guo lai xiǎng chī
妈果真捉到了一条大鱼。小猫走过来想吃

dà yú　　zǒu kāi　māo mā ma shuō　　xiǎng chī yú nǐ jiù
大鱼。"走开！"猫妈妈说，"想吃鱼，你就

děi zì jǐ qù zhuō　　māo mā ma bǎ zhěng tiáo yú dōu chī guāng hòu
得自己去捉。"猫妈妈把整条鱼都吃光后

jiù huí jiā le
就回家了。

xiǎo māo è de
小猫饿得

hěn tā dào chù zhǎo chī
很，他到处找吃

de kě shì yī wú suǒ
的，可是一无所

huò tā yòu lèi yòu
获。他又累又

è jiù huí jiā le
饿，就回家了。

māo mā ma jiàn xiǎo māo
猫妈妈见小猫

huí lái le jiù duì tā
回来了，就对他

shuō nǐ
说："你

ái è wǒ
挨饿，我

hěn nán guò dàn nǐ yǐ bú zài
很难过，但你已不再

shì hái zi le nǐ děi xué huì
是孩子了，你得学会

zì jǐ yǎng huo zì jǐ　　shuō wán　　māo mā ma ná chū le yí dà
自己养活自己。"说完，猫妈妈拿出了一大

pán hǎo chī de dōng xi　ràng xiǎo māo tòng tòng kuài kuài de chī le
盘好吃的东西，让小猫痛痛快快地吃了

yí dùn
一顿。

　　dì èr tiān yí dà zǎo　māo mā ma yòu dài xiǎo māo qù zhuō
　　第二天一大早，猫妈妈又带小猫去捉

yú　xiǎo māo zài shuǐ li rèn zhēn de xué zhe　zuì zhōng tā zhuō dào
鱼，小猫在水里认真地学着，最终他捉到

le yì tiáo dà yú　xiǎo māo gāo xìng jí le　tā zhōng yú xué huì
了一条大鱼。小猫高兴极了，他终于学会

zhuō yú le　māo mā ma jiàn le　yě kāi xīn de xiào le
捉鱼了，猫妈妈见了，也开心地笑了。

成长对话

　　每个人的成长都是需要经历一个过程的，这个过程最需要的就是努力。小猫靠努力最终证明了自己的成长，你是否也通过努力获得了自己想要的东西呢？

势利的狐狸

狐狸小姐在市场旁边开了一个食品店，她店里的生意很好。她每天很早就来到店里打扫卫生，把自家店门前打扫得干干净净，但隔壁的斑马就受苦了，因为狐狸把所有的垃圾都放在了斑马的店门前，斑马去评理，可狐狸却振振有词。没办法，斑马只好认了，每天都多倒一份垃圾。

一天，税务局的人来收税，他们
在斑马的店里说了很久的话。因此狐狸觉
得斑马和收税的人认识。从此，狐狸再也
不把垃圾放在斑马的店门前了，而是每天
把斑马的店门前也打扫的干干净净，就连她
看斑马的眼睛都比平时大很多。

不久，狐狸发现自己错了，原来斑马并
不认识那个收税的人，那天斑马是在问自己
店里的收支及最近交税的情况，所以时间
长了一点儿。知道真相后，狐狸又和以前

一样了，每天早上都把垃圾堆在斑马的店门前，看斑马的眼睛也变得只剩一条缝了。

后来，这件事被新上任的市长知道了，市长狠狠地教训了势利的狐狸。

成长对话

我们生活在同一个世界上，每个人都是平等的，人与人之间应该相互帮助相互关爱，这样世界才能更加美好。可千万不要学故事中的狐狸小姐呀！

月亮不见了

杨杨是一个很听话的孩子，他的偶像是电视中天气预报节目的主持人，因为那个叔叔很厉害，只用一根小棍子在地图上一指，说下雨就下雨，说刮风就刮风。杨杨觉得那一定是魔棍，是可以伸到天上去的。

杨杨也弄了个魔棍，每天他都把魔棍带在身边，但别的小朋友都说那只是普通的棍子罢了，怎么会有魔力呢？

这天晚上，杨杨和薇薇坐在窗前看夜空，天上的月亮很美丽，星星也在不停地眨着

眼睛，可是天上突然飘来了一大片乌云，将月亮和星星都遮住了，天上黑黑的，什么都看不见了。这下薇薇可不干了，她大哭起来，非要看月亮和星星不可。杨杨哄了很长时间也没好，看来不把月亮和星星弄出来，她是不会好的。这时杨杨想起了自己的小魔棍，他拿出魔棍指着天上的那片乌云说："现在多云转晴，月亮和星星快出来吧。"他刚说完乌云就散去

le　yuè liang hé xīng xing yòu lù chū le xiào liǎn　wēi wei yě xiào

了，月亮和星星又露出了笑脸，薇薇也笑

le　kàn zhe wēi wei de xiào róng　yáng yang yě kāi xīn de xiào le

了。看着薇薇的笑容，杨杨也开心地笑了。

成长对话

　　善良的小男孩杨杨用自己的小魔棍帮助小伙伴找回了星星和月亮，这是个美好的故事。如果你也是个善良的孩子，如果你也相信奇迹，那么，总有一天，属于你的奇迹也会降临的。

不服老的火车头

火车头老了，它浑身都变得黑黑的，也不像以前那样有力气了。铁路上的维护员叔叔都劝老火车头该退休了，可老火车头说："我还能做点什么呢，我很喜欢孩子，能不能让我和孩子们在一起呢？"

维护员叔叔想：怎样才能让老火车和

孩子们在一起呢？哦，对了，儿童公园里刚建好了铁轨，让老火车头到那里去，他还可以在那里发光发热。

于是，老火车头来到了儿童公园，它整天不知疲倦地在铁轨上忙碌着，虽然开得很慢，但看到孩子们的笑脸，听到他们的欢呼声，老火车头仿佛年轻了许多。它很高兴自己还能为社会做贡献。

成长对话

火车头虽然老了，但他还在为孩子们贡献自己的力量，能够付出就是他最大的快乐。当你能够为别人做一些事情的时候，是不是也觉得心里甜甜的呢？

蟋蟀和小熊

蟋蟀和小熊是一对好朋友，夏天的时候，他们在草地上快乐地玩耍，蟋蟀给小熊唱歌听，而小熊则用厚厚的手托着蟋蟀跑来跑去。

可是，有一天，他们在玩耍的时候，蟋蟀从小熊的手上掉了下来，蟋蟀怪小熊太不小心了。于是，两个伙伴就不在一起玩儿了。

秋去冬来，小熊眼看就要冬眠了，他想再去看看曾经的好朋友。于是，他来到了蟋蟀的家。蟋蟀正躲在秋天最后一片树叶下，冻得直打哆嗦。天马上就要下雪了，蟋蟀知道只要一下雪，自己肯定会被冻死的，他不禁叹起气来。这时候，一阵风吹来，遮挡蟋蟀的最后一片树叶也被吹走了，蟋蟀暴露在了地面上，他闭上了眼睛，绝望地蜷缩着身体。

突然，蟋蟀感觉自己被一双毛茸茸的手握住了，好暖

huo a　　tā zhēng yǎn yí kàn　shì xiǎo xióng　xiǎo xióng shuō
和啊！他 睁 眼 一 看 ，是 小 熊 。 小 熊 说 ：

tiān lěng le　nǐ jiù zhù zài wǒ shǒu xīn li ba　　xī shuài de
"天 冷 了 ，你 就 住 在 我 手 心 里 吧 ！" 蟋 蟀 的

xīn li duì xiǎo xióng chōng mǎn le qiàn yì hé gǎn jī　tā pā zài xiǎc
心 里 对 小 熊 充 满 了 歉 意 和 感 激 ，他 趴 在 小

xióng wēn nuǎn de shǒu xīn li　shū fu jí le　　cóng nà yǐ hòu
熊 温 暖 的 手 心 里 ，舒 服 极 了 。 从 那 以 后 ，

tā men yòu xiàng yǐ qián yí yàng yào hǎo le
他 们 又 像 以 前 一 样 要 好 了 。

成长对话

　　朋友之间难免产生误解和摩擦，但要及时挽救，不要让友谊蒙上阴影。得到一个好朋友是一生的财富，有一只与你紧紧相握的手，是一件多么幸福的事情。

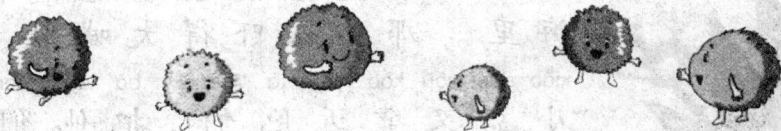

漂浮的小岛

měi lì de dà hǎi shang yǒu yí zuò xiǎo dǎo xiǎo dǎo shang yǒu
美丽的大海上有一座小岛，小岛上有
mào mì de shù lín hé wǔ yán liù sè de huār   hái yǒu yì tiáo qīng
茂密的树林和五颜六色的花儿，还有一条清
chè de xiǎo hé   xiǎo dǎo zǒng shì zài dà hǎi shang piāo lái piāo qù
澈的小河。小岛总是在大海上漂来漂去，
tā bú yuàn yì gēn àn shang de rén men lái wǎng
它不愿意跟岸上的人们来往。

zhè tiān   xiǎo dǎo zài bō làng qīng wēi yáo dòng zhōng shuì zháo
这天，小岛在波浪轻微摇动中睡着
le   yǒu yì xiē rén lái dào le xiǎo dǎo shang   tā men sì yì de zhé
了，有一些人来到了小岛上，他们肆意地折
duàn huār   kǎn fá shù mù   hái bǎ qīng qīng de xiǎo hé nòng zāng
断花儿，砍伐树木，还把清清的小河弄脏
le   xiǎo dǎo hěn shēng qì   tā shǐ jìnr   huǎng dòng
了。小岛很生气，它使劲儿晃动
shēn tǐ   bǎ nà xiē rén cóng dǎo shang shuǎi dào le dà
身体，把那些人从岛上甩到了大
hǎi li   nà xiē rén xià de dà hǎn jiù mìng
海里。那些人吓得大喊救命！
xiǎo dǎo yòu kào jìn tā men   bǎ tā men sòng
小岛又靠近他们，把他们送
huí le àn biān   cóng cǐ   xiǎo dǎo jué dìng
回了岸边。从此，小岛决定
zài yě bú dào àn biān lái le
再也不到岸边来了。

有一天，一群鸟儿来到小岛上，鸟儿们问小岛："你怎么不到岸边玩儿呢？"小岛说："我不敢去！人类会把我弄坏的！""别怕！岸边有一群小朋友，他们可是好孩子，他们很想和你交朋友，你就靠近岸边吧！"小岛想了想，同意了。小朋友们登上了小岛，他们栽种了美丽的小树，给花儿浇水，把小河清理得

gān gān jìng jìng　　xiǎo dǎo yòu biàn de piào liang qǐ lai le　　xiǎo péng
干 干 净 净。小 岛 又 变 得 漂 亮 起 来 了。小 朋

yǒu men zài xiǎo dǎo shang zuò yóu xì　jiǎng gù shi　　tā men wánr
友 们 在 小 岛 上 做 游 戏，讲 故 事，他 们 玩 儿

de kě kāi xīn le
得 可 开 心 了。

　　cóng zhè yǐ hòu　xiǎo dǎo zài yě bú zài wú biān de dà hǎi shang
　　从 这 以 后，小 岛 再 也 不 在 无 边 的 大 海 上

piāo dàng le　　tā jīng cháng kào jìn hǎi àn　ràng xiǎo péng yǒu men dào
漂 荡 了，它 经 常 靠 近 海 岸，让 小 朋 友 们 到

tā de shēn shang wánr
它的身上玩儿。

xiǎo dǎo zǒng shì gěi xiǎo péng you men zuì
小岛总是给小朋友们最

lǜ de qīng cǎo zuì měi de huā ér hé zuì qīng de hé shuǐ
绿的青草，最美的花儿和最清的河水。

成长对话

　　面对曾经的伤害，小岛选择了拒绝和外界接触。其实并不是所有的人都会被伤害，我们要以一颗宽容的心来面对这个世界，打开心扉你才会得到更多的关爱。

鸽 子 树

小雷家养了一只白鸽，小雷很喜欢它，总是把它抱在怀里，喂它虫子和粮食。小雷还给它唱歌："小鸽子，真美丽，白色的羽毛真华丽……"

这天早晨，鸽子叫醒了小雷，对他说："我要去一个很远的地方，回来后我会送给你一件礼物。"说完，鸽子就拍着翅膀飞走了。小雷每天都向窗外眺望，心中默念：亲爱的小鸽子，你在哪里？

这天，小雷又向窗外眺望时，一个白点渐渐映入了眼帘。"是小鸽子！"小雷兴奋地大叫。小鸽子

越飞越近，但是却飞得很慢，当它
飞到小雷跟前时，竟摔到了地上。"怎
么了，小鸽子？"小雷着急地问，他看见
小鸽子的胸口流了很多血，已经把白色的羽
毛染红了。小鸽子的嘴里衔着一粒奇怪的
种子，小鸽子说："这是我送给你的礼物，
我是从老鹰的爪子下逃出来的。"说完，小
鸽子就晕过去了。小
雷赶紧把小鸽子送到

医院，还好，小鸽子被医生救活了。

小雷把小鸽子带来的种子种在了窗外，没过多久，那里就长出了一棵美丽的树，树上开满了花，一朵朵白色的花就像一只只白鸽。原来，小鸽子带来的是鸽子树的种子啊。

成长对话

　　小鸽子飞越千山万水为小雷找来鸽子树的种子，在旅途中它甚至遭到了老鹰的袭击。小鸽子懂得知恩图报的道理，愿意为爱护它的小雷做任何事情。在感动之余，你是否也能学习像小鸽子一样懂得感恩呢？

五颜六色的绳子

在森林里。坏蛋
大灰狼有一棵空
心树，谁要是进了
这棵空心树，空心
树就会马上把门关起
来，小动物就出不来了。小动物们都知道
这是大灰狼的陷阱，所以他们都离那棵空
心树远远的。

有一只从邻近森林刚搬来的小兔子，他
很贪玩儿，在森林里跑来跑去。突然。他发
现了这棵空心树，觉得很好奇，便钻了进
去。里面好黑啊，到处都潮乎乎的。小兔
子刚想出来，空心树的门就关上了，小

兔子吓坏了，便大哭起来。

小松鼠听到了小兔子的哭声，就透过空心树上面的小洞口往里看，原来是新搬来的小兔子啊！小松鼠说："小兔子，别怕！我会想办法救你的。"说完，他就走了。过了一会儿，小松鼠回来了，他拿了一根五颜六色的绳子，顺着上面的洞口把小兔子救了出来。

小兔子自由了。他看着那条五颜六色的绳子，说："这是什么绳子啊？我怎么从没见过

ne　　xiǎo sōng shǔ shuō　　zhè shì wǒ yòng xiǎo dòng wù men wěi ba
呢？"小松鼠说："这是我用小动物们尾巴

shang de máo biān chéng de　　xiǎo dòng wù men wèi le jiù nǐ　dōu
上的毛编成的，小动物们为了救你，都

cóng zì jǐ de wěi ba shang bá xià le máo　ràng wǒ biān chéng le
从自己的尾巴上拔下了毛，让我编成了

zhè tiáo shéng zi　　xiǎo tù zi hěn gǎn dòng　zài tā yǎn li　rà
这条绳子。"小兔子很感动，在他眼里，那

tiáo wǔ yán liù sè de shéng zi shì nà me piào liang
条五颜六色的绳子是那么漂亮。

成长对话

　　面对小兔子的困境，小动物们纷纷伸出援助之手。这种团结友
爱、共渡难关的精神让我们感动。相信这条五颜六色的绳子会永远
留在小兔子的记忆中。

神奇的手杖

cóng qián yǒu ge hěn xīn de hòu mā　shén me huór　dōu ràng
从 前 有 个 狠 心 的 后 妈 ，什 么 活 儿 都 让

zhàng fu qián qī shēng de ér zi tāng mǔ gàn　yí gè xià xuě de
丈 夫 前 妻 生 的 儿 子 汤 姆 干 。一 个 下 雪 的

zǎo chen　hòu mā ràng tāng mǔ qù dǎ tù zi　dǎ
早 晨 ，后 妈 让 汤 姆 去 打 兔 子 ，打

bu dào jiù bù xǔ huí jiā
不 到 就 不 许 回 家 。

tāng mǔ zài shù lín li zǒu le hěn jiǔ dōu méi
汤 姆 在 树 林 里 走 了 很 久 都 没

yǒu kàn dào tù zi　tā dòng de bù tíng de pǎo bù
有 看 到 兔 子 ，他 冻 得 不 停 地 跑 步

qǔ nuǎn　zhè shí tā kàn dào yǒu ge lǎo rén quán
取 暖 。 这 时 他 看 到 有 个 老 人 蜷

缩在一棵树下，眼看就要冻僵了，他连忙把自己的衣服脱下来给老人披上。老人对汤姆说："年轻人，你不冷吗？"汤姆说："我可以跑步取暖，您年纪大了，还是您穿吧！"老人说："我不能白拿你的东西，这个手杖给你吧！它指什么，什么就能变成金的。"汤姆不肯收，可是老人眨眼间就不见了。

汤姆拿着老人给的手杖回家了，他用手杖帮助很多贫困的人。后来，汤姆拥有神奇的手杖的事惊动了国王，国王也知道了汤姆后妈的所作所为，他用这个神奇的手

zhàng bǎ tāng mǔ de hòu mā biàn chéng le jīn de bìng bǎ shǒu zhàng
杖把汤姆的后妈变成了金的，并把手杖
yòu huán gěi le tāng mǔ cóng nà yǐ hòu tāng mǔ yòng shǒu zhàng
又还给了汤姆。从那以后，汤姆用手杖
biàn chū de jīn zi bāng zhù le hěn duō rén
变出的金子帮助了很多人。

成长对话

　　善良的小汤姆得到了丰厚的回报，坏心的后母也得到了应有的惩罚。生活中我们应该时刻用一颗善良的心去关心他人、帮助他人，用我们的热情给别人送去温暖。

小哨子

天上有一个小天使，他有一只能发出美妙动听的声音的小哨子。小天使总是吹着小哨子在天上飞来飞去。

这天，小天使又吹着哨子在天上玩。突然，一阵风吹来，小哨子掉了下去，掉到了一片草地上。一个孩子正在草地上放风筝，"多漂亮的小哨子啊！"孩子捡起小

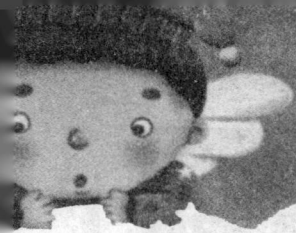

哨子放在嘴边轻轻地吹了起来，小哨子发出了动听的声音，这种声音人们从来没有听过。小伙伴们都围着他说："真好听！再来一个！"

从那以后，孩子每天都带着小哨子，小哨子发出的声音吸引了很多人。孩子便带着小哨子

来到了大城市，很快，孩子和他的哨子就出

名了。可是，时间久了，孩子感觉累了，他

想回到伙伴们身旁。他对小哨子说："我

不喜欢你了！和小伙伴们在一起我才真的

开心。"这时，小天使来了，他要回了自己的

小哨子，并送给孩子一只普通的哨子。孩

子带着普通的哨子回家了。

现在，孩子吹着普通的哨子和伙伴们开

心地玩耍。小天使吹着他的哨子在

天上飞来飞去。天上的哨

子声传到了地上，地上

de shào zi shēng yě chuán dào le tiān shang　shēng yīn shì nà yàng
的 哨 子 声 也 传 到 了 天 上 ， 声 音 是 那 样

dòng tīng
动 听 。

cóng nà yǐ hòu　xiǎo tiān shǐ hé hái zi chéng le hǎo péng you
从 那 以 后 ， 小 天 使 和 孩 子 成 了 好 朋 友 。

成长对话

　　一个善良的小天使和一个可爱的孩子，他们都有属于自己的小哨子，他们用哨子吹出快乐、动人的声音，在属于孩子的天空中自由地翱翔。相信你也拥有着这样的幸福。

宝草帽

从前有个小伙子靠打柴为生，大家都叫他"柴哥"。这个柴哥不管风吹日晒，每天都上山砍柴，卖了柴，再买米回家做饭吃。

有一年夏天，天气特别热，太阳照在身上像火烤一样。人们都到树下乘凉，只有柴哥坚持去砍柴，因为穷，他买不起

帽子，头顶被太阳晒出了毒疮，整日疼痛难忍。

这天，他在砍柴的路上捡到了一只金耳环，于是就在路边等候失主。太阳下山时来了一个姑娘，柴哥仔细观察了一下，发现这位姑娘的一只耳朵上有耳环，另一只耳朵上没有，带着的那个耳环正好跟自己捡到的一样，于是他就把耳环还给了姑娘。

姑娘为了感谢诚实的柴哥，给了他一顶破草帽，然后转眼就不见了。

柴哥拿着破草帽瞧

le qiáo　xīn xiǎng　　ná tā zhē tài yáng yě hǎo　　　tā bǎ pò cǎo mào
了瞧，心想，拿它遮太阳也好。他把破草帽

wǎng tóu shang yí dài　　yě zhēn qí guài　　tóu dǐng de dú chuāng mǎ
往头上一戴，也真奇怪，头顶的毒疮马

shàng jiù hǎo le　　　yuán lái　　nà gū niang shì shén xiān　　shì zhuān
上就好了。原来，那姑娘是神仙，是专

chéng lái bāng zhù shàn liáng rén de
程来帮助善良人的！

成长对话

　　善良诚实的柴哥得到了意外的奖赏，在帮助别人的同时他也给自己带来了好运。诚实和善良都是最可贵的品质，如果你有一颗真诚的心，相信你也会在桌一时刻感受到幸福的力量。

红果树林

在一棵红果树上有两个红果兄弟。哥哥长得又大又圆，而弟弟则身材矮小，毫不起眼。红果树妈妈很爱她的这两个孩子，每天都努力从土里吸收养分来让孩子们茁壮成长。红果树妈妈最大的愿望就是两个孩子能离开她，到远方去闯荡。

转眼秋天到了，红果兄弟浑身变得红红的、亮亮的，他们成熟了。有一天，一股风吹来，哥哥脱离了妈妈，掉在了地

^{shang}
上 。一只狐狸在树下经过，发现了红果哥

哥，便把他吃了。狐狸去了很远的地方，结

果，红果哥哥的果核被狐狸留在了远方。

而红果弟弟呢，哥哥离开后没过几天，他也

落地了，他没有被吃掉，也没有被捡走，而是

留在了妈妈身边。

　　第二年春天，哥哥

和弟弟都发芽了，很快

便长成了两棵小树。

他们沐浴着阳光，

xiǎng shòu zhe wēi fēng　　nǔ lì de shēng
享　受　着　微　风，　努　力　地　生

zhǎng zhe　　xiōng dì liǎ zhōng yú zhǎng dà
长　着，　兄　弟　俩　终　于　长　大

le　　méi guò jǐ nián　　gē ge suǒ zài de dì fang jiù
了。　没　过　几　年，　哥　哥　所　在　的　地　方　就

zhǎng chū le　yí piàn hóng guǒ shù lín　　ér dì di zhè biān yě zhǎng chū
长　出　了　一　片　红　果　树　林，　而　弟　弟　这　边　也　长　出

le　yí piàn hóng guǒ shù lín　　yòu guò le　jǐ nián　　zhè liǎng piàn hóng
了　一　片　红　果　树　林。　又　过　了　几　年，　这　两　片　红

guǒ shù lín lián zài le　yì qǐ　　chéng le　yí dà piàn hóng guǒ shù lín
果　树　林　连　在　了　一　起，　成　了　一　大　片　红　果　树　林。

yí dào qiū tiān　　zhěng gè shù lín dōu guà zhe hóng hóng de guǒ zi
一　到　秋　天，　整　个　树　林　都　挂　着　红　红　的　果　子，

piào liang jí le
漂　亮　极　了。

hóng guǒ shù mā ma kàn dào zhè yí qiè　　gǎn dào wú bǐ kāi xīn
红　果　树　妈　妈　看　到　这　一　切，　感　到　无　比　开　心。

成长对话

　　每个母亲都希望自己的孩子能够茁壮成长，红果兄弟就都通过努力实现了自己的价值。相信在我们实现自己的价值的那一天，母亲欣慰的笑脸就是最大的奖赏和鼓励。

隐形的房子

cóng qián yǒu ge xiǎo mù jiang jiào tài láng　　yì tiān wǎn shang
从前有个小木匠叫太郎。一天晚上，

yǒu ge lǎo pó po lái zhǎo tā　tā qiú tài láng bāng zì jǐ gài yì
有个老婆婆来找他，她求太郎帮自己盖一

jiān xiǎo fáng zi　yīn wèi tiān qì yǐ jīng hěn lěng le　tā hái méi yǒu
间小房子，因为天气已经很冷了，她还没有

dì fang zhù
地方住。

dì èr tiān　hǎo xīn de tài láng jiù qù wèi lǎo pó po jiàn zào
第二天，好心的太郎就去为老婆婆建造

fáng wū le　bàn ge yuè yǐ hòu　yì jiān piào
房屋了。半个月以后，一间漂

liang de xiǎo mù wū jiù jiàn hǎo
亮的小木屋就建好

le　tài láng gāo xìng de lí kāi
了。太郎高兴地离开

le　kě shì méi zǒu
了。可是没走

duō yuǎn huí tóu yí
多远回头一

看，自己刚刚盖好的房子不见了。太郎觉得很奇怪，就走回去看个究竟。他走到盖房子的地方，老婆婆笑着说："你用爱心建造的房屋是看不见的，祝你今后一切顺利！"说完，老婆婆就不见了。

从此以后，太郎的生意越来越好了，并过上了富足的生活。他也比以前更爱帮助人了。

成长对话

好心的太郎用"爱"为老婆婆建造了一间房子，想让老婆婆度过一个温暖的冬天。太郎也因为他的爱心过上了幸福的生活。关爱他人就是给自己创造幸福。

永远的朋友

有一只刚出生的小狐狸，它的母亲被猎人打死了。可怜的小狐狸只好自己在树林里找吃的。一只健壮的小猎狗跑进了小树林，原来它刚刚开始接受主人的训练。"你是谁呀？"小猎狗问。它从来都没见过狐狸。"我是小狐狸，你呢？"小狐狸也从没见过猎狗。"我是小猎狗。"它们开心地玩儿了起来，一直玩儿到天黑。分别的时候，它们都

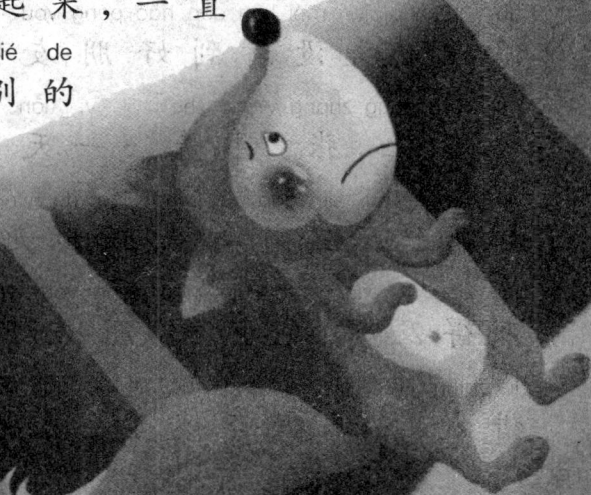

依依不舍，它们决定，要做永远的朋友。

冬天过后，小猎狗已经长成一只真正的猎狗了。小狐狸也长成一只大狐狸了。小狐狸好久没看到好朋友猎狗了，它每天都在大路上张望着。一天，猎人带着猎狗出来打猎，狐狸高高兴兴地迎了上去，可它还没来得及向它的好朋友问好，猎人就举起了猎枪。狐狸吓傻了，呆呆地站在那里，猎狗

gǎn jǐn chōng le chū qù   dǎng zài hú li de shēn qián   wú lùn liè
赶紧冲了出去，挡在狐狸的身前，无论猎

rén zěn me mìng lìng jiù shì bú dòng   zuì hòu   liè rén wú nài de
人怎么命令就是不动。最后，猎人无奈地

shuō   hǎo ba   wǒ men huí jiā   liè gǒu wàng le hú li yì
说："好吧，我们回家。"猎狗望了狐狸一

yǎn   zhuǎn shēn gēn zhe liè rén zǒu le   zhè shí hú li de ěr biān
眼，转身跟着猎人走了，这时狐狸的耳边

xiǎng qǐ le tā men xiǎo shí hou shuō guo de huà   wǒ men yào zuò
响起了它们小时候说过的话："我们要做

yǒng yuǎn de péng you
永远的朋友。"

成长对话

　　故事中的小猎狗和小狐狸之间的友情是珍贵的，是可以用生命来珍惜的。读过这个故事，你有没有被深深的震撼呢？它们那么爱惜和捍卫着这份友谊，用实际行动向我们讲述了"朋友"的深刻含义。

兔子的家

兔妈妈和兔爸爸正在屋里聊天。忽然，兔窝的上方传来了一阵剧烈的晃动，兔爸爸出去一看，便对着屋里的兔妈妈大喊："有人在掘土，快跑！"兔妈妈和兔爸爸刚从另一个出口跑出去，房子就塌了。原来，人们要在兔窝的上面盖房子，它们的房子被夷为了平地。

窝塌了以后，它们逃到了城市里。这时，兔爸爸发现在一户人家的门口有一个土堆，土堆的下面是个洞，它和兔妈妈高兴地钻了进去。在城市里要找到这么一个合适的环境真不容易。谁知，兔子一家搬家的

过程被一个善
良的小男孩儿看到
了。一天，院门突然
开了，兔妈妈和兔爸爸急
忙逃出了土堆，躲在一堵墙
后面，紧张地看着门口。

一个小男孩儿从门里走了
出来，在土堆边上放了一堆
草，转身又进去了。兔爸爸
和兔妈妈这才松了

^{kǒu qì} 口气，^{tù mā ma} 兔妈妈 ^{wàng le} 望了 ^{tù bà ba} 兔爸爸 ^{yì yǎn} 一眼，^{gāo xìng de shuō} 高兴地说：

^{wǒ men zhōng yú yǒu zì jǐ de jiā le} "我们终于有自己的家了。" ^{cóng cǐ yǐ hòu tā} 从此以后，它

^{men jiù zài nà lǐ zhù xià le} 们就在那里住下了。 ^{xiǎo nán hái měi tiān dōu huì zài tǔ} 小男孩每天都会在土

^{duī biān fàng yì xiē qīng cǎo mò mò de zhào gù zhe tù bà ba hé} 堆边放一些青草，默默地照顾着兔爸爸和

^{tù mā ma} 兔妈妈。

成长对话

　　善良的小男孩给了流离失所的兔子们一个温暖的新家，他默默地帮助着它们，让我们感受到了爱的光芒。爱存在于世界的每一个角落，有着温暖动人的力量。

一心想当演员的象

多才多艺的小象从小就十分热爱演艺事业，一心想当演员。这天，他看到电视台招聘演员的海报，就兴冲冲地跑去报名了。来到电视台，小象彬彬有礼地对导演说："先生，您好！我会唱歌，还会跳芭蕾舞！您的节目中有适合我演的角色吗？"

dǎo yǎn kàn dào xiǎo xiàng yòu gāo yòu dà de shēn tǐ hěn hài pà
导演看到小象又高又大的身体很害怕，
máng shuō méi yǒu wǒ bù xū yào nǐ nǐ huí qù ba xiǎo
忙说："没有，我不需要你，你回去吧！"小
xiàng jí máng shuō xiān sheng nín bù liǎo jiě qǐng kàn kan wǒ
象急忙说："先生，您不了解，请看看我
de biǎo yǎn ba shuō bà tā jiù tiào qǐ wǔ lai dǎo yǎn shēng
的表演吧！"说罢，他就跳起舞来，导演生
qì de hǎn dào wǒ men bù xū yào huì tiào wǔ de dà xiàng zhǐ
气地喊道："我们不需要会跳舞的大象，只
yào nǚ háir xiǎo xiàng gǎn jǐn huí qù chuān shàng le hóng qún
要女孩儿。"小象赶紧回去穿上了红裙
zi tào shàng jīn sè de jiǎ fā tiào qǐ le bā léi wǔ kě dǎo
子，套上金色的假发，跳起了芭蕾舞，可导
yǎn jiù shì kàn bu shàng tā jiù zhè yàng xiǎo xiàng fēn bié bàn yǎn
演就是看不上他。就这样，小象分别扮演
le xiǎo shān yáng bái tù qí shì xiǎo mì fēng děng jué sè xiǎo
了小山羊、白兔骑士、小蜜蜂等角色，小
xiàng yǎn de huó líng huó xiàn kě tiāo
象演得活灵活现，可挑
tī de dǎo yǎn què shuō suǒ yǒu
剔的导演却说所有
de jué sè dōu yǐ jīng mǎn
的角色都已经满
le xiǎo xiàng shēng qì
了。小象生气

了，他沮丧地坐在台下，他多么渴望自己能参加演出啊！

大幕慢慢拉开了，观众们焦急地等待着，可等了半天还是没有演员上台。原来，在后台小蜜蜂扎伤了小山羊，小山羊猛地一蹦撞倒了小女孩儿，小女孩儿倒下时正好压在小白兔身上。这下导演可急坏了，戏演不成了，还得把演员们都送到医院。小象走过去安慰导演说："别

jí dǎo yǎn xiān sheng ràng wǒ lái bāng nǐ ba yú shì xiǎo xiàng
急，导演先生，让我来帮你吧！"于是小象

zǒu shàng le wǔ tái yì kǒu qì chàng le èr shí jǐ shǒu gē de
走上了舞台，一口气唱了二十几首歌，得

dào le guān zhòng men de rè liè huān yíng dǎo yǎn jī dòng de
到了观众们的热烈欢迎。导演激动地

shuō xiǎo xiàng nǐ jiù shì wǒ xiǎng yào de yǎn yuán a
说："小象，你就是我想要的演员啊！"

成长对话

　　小象从来没有放弃过自己的梦想，虽然遭受了很多挫折和否定，但他仍然执著地坚守着梦想。在追求梦想的过程中总会遇到各种各样的困难，但我们一定不要放弃，要像小象一样，总有看到希望和曙光的一天。

好吃的包子

新学期开始了，校园里又多了许多新面孔，他们是一年级的学生。

小猪医生又开始忙碌了，他要给新学生做体检。小猪医生忙了一天，终于，所有新学生的体检结果都出来了：有很多新学生的肚子里有虫子。小猪医生把学生都召集到礼堂里，然后给他们每人发了一片打虫药，但小学生们都怕苦，扔下药都跑出

le lǐ táng
了礼堂。

zhè kě zěn me bàn ne   xiǎo zhū yī shēng biān zǒu biān xiǎng
这可怎么办呢？小猪医生边走边想，

tū rán   tā wén dào le yì gǔ nóng nóng de xiāng wèi   yuán lái shì
突然，他闻到了一股浓浓的香味，原来是

cóng shí táng chuán lái de bāo zi de xiāng wèi   ò   yǒu bàn fǎ
从食堂传来的包子的香味。哦，有办法

le   kě yǐ bǎ yào fàng zài bāo zi li   xiǎo zhū yī shēng jí máng
了，可以把药放在包子里。小猪医生急忙

zǒu jìn shí táng   ná qǐ bāo zi jiù chī le yì kǒu   zhēn xiāng   yú
走进食堂，拿起包子就吃了一口，真香。于

shì tā bǎ yào jiāo gěi le shān yáng dà shěn   bìng bǎ zì jǐ de zhǔ
是他把药交给了山羊大婶，并把自己的主

yì gào su le tā   shān yáng dà shěn yě jué de zhè ge zhǔ yì hěn
意告诉了她，山羊大婶也觉得这个主意很

hǎo   jiù zhè yàng   tā yòng le yì wǎn shang de shí jiān zuò hǎo le
好。就这样，她用了一晚上的时间做好了

bāo zi
包子。

dì èr tiān   dāng xīn shēng men lái shí táng chī fàn de shí hou
第二天，当新生们来食堂吃饭的时候，

shān yáng dà shěn ná chū le   nà xiē xiāng pēn pēn de bāo zi   xīn
山羊大婶拿出了那些香喷喷的包子，新

shēng men dōu jīn jīn yǒu wèi de chī le qi lai   tā men gāo xìng jí
生们都津津有味地吃了起来，他们高兴极

le   dàn zuì gāo xìng de hái shi xiǎo zhū yī shēng   yīn wèi xīn shēng
了。但最高兴的还是小猪医生，因为新生

men dōu chī yào le   yǐ hòu tā men de dù zi li jiù bú huì zài yǒu
们都吃药了，以后他们的肚子里就不会再有

chóng zi le
虫子了。

成长对话

聪明的小猪医生想出了好办法，新生们的肚子里不会再长虫子。遇到难题的时候，一定要多动脑，冷静地分析，总会找到解决的方法的。

小白的铃铛

小白是一只很厉害的小猫，它每天都能抓很多老鼠。

一天，小白去商店买东西。路上它看见了一只打扮得十分漂亮、脖子上挂着铃铛的小山羊，路上的人听见铃声后都用十分羡慕的眼神看着它，小山羊神气得很。小白还在想小山羊是多么威风，突然听见后面传来一阵铃声，回头一看，原来是小熊骑着车过来了。

小熊车子上的铃声真

神奇啊，只要按车铃，不用说话，人们就会自动让开路，真好啊！

小白继续向前走。它又听见铃声了，原来是小猪啊，小白见小猪站在它自己家的门前，但却不找钥匙，也不敲门，只是按了一下门边的圆形按钮，就响起了铃声。不一会儿，猪妈妈就来开门了，把小猪接了进去。

铃声的用处可真大啊！小白来到了商店，用买衣服的钱买了一个最漂亮的铃铛挂在了脖子上，然后就高

gāo xìng xìng de huí jiā le
高兴兴地回家了。

zhè tiān wǎn shang xiǎo bái yì zhī lǎo shǔ yě méi yǒu zhuā dào
这天晚上，小白一只老鼠也没有抓到。

xiǎo bái yì zhí è zhe dù zi tā jué de hěn qí guài wèi shén me
小白一直饿着肚子，它觉得很奇怪，为什么

jīn tiān yì zhī lǎo shǔ dōu méi zhuā dào ne nán dào shì nà xiē lǎo
今天一只老鼠都没抓到呢？难道是那些老

shǔ dōu biàn cōng míng le ma xiǎo bái zài yǐ hòu de shēng huó zhōng
鼠都变聪明了吗？小白在以后的生活中

néng míng bái yuán yīn ma
能明白原因吗？

成长对话

　　小白只顾着美丽却忽略了铃铛带来的麻烦，可惜它却不明白问题出在哪里。小朋友们在遇到事情的时候一定要看仔细，任何事情都是两面的，有利就有弊，只有全面地分析问题才能找到理想的解决办法。

出游的垃圾桶

在一个城市中，一个垃圾桶孤零零地靠在那里，他很不开心，他想：做一个垃圾桶可真没劲，要是能做一只被主人抱着的猫或狗，那该多好！

这天，垃圾桶突然冒出个奇妙的想法，他把肚子里的垃圾都翻了出来，在里面拣来拣去，找出了一块条纹布，披在了身上。

垃圾桶满意极了，觉得自己真像一只可爱的小猫。远远地看见一只狗，垃圾桶急忙追上去

说："小狗你好，我是小猫，我们交个朋友
吧。"小狗回头一看，吓得"嗖"的一声就跑
了。垃圾桶愣了一下，正在这时，从街对
面走过来一只小猫，垃圾桶想：他肯定会
喜欢我。于是就奔过去，说："你好呀，我也
是小猫，我们交个朋友吧。"小猫停下一
看，吓得毛都竖了起来，"呼"地蹿到了
房上。

lā jī tǒng hǎo shī wàng　tā nán guò de kū le　zhè shí
垃圾桶好失望，他难过地哭了。这时，

yí gè xíng rén zǒu guo lai　bǎ lā jī tǒng bào huí le tā yuán lái de
一个行人走过来，把垃圾桶抱回了他原来的

wèi zhì　bǎ tā shēn shang de bù rēng huí dào tā de dù zi li
位置，把他身上的布扔回到他的肚子里。

hái ná lai le mā bù　bǎ tā de quán shēn dōu cā le yí biàn
还拿来了抹布，把他的全身都擦了一遍。

lā jī tǒng shū fu de bì shàng yǎn jing　tā xīn li zài yě bù nán
垃圾桶舒服地闭上眼睛，他心里再也不难

shòu le　yīn wèi tā zhī dào　rén men yě shì xǐ huan tā de
受了。因为他知道，人们也是喜欢他的。

成长对话

　　每一个人在社会中都有自己的位置和作用，哪怕是一只不起眼的垃圾桶也是很重要的。做好自己分内的事，坚守自己的工作岗位对社会来说就是最大的贡献。

不走运的尼可

尼可是森林中的一只小白兔。他是个很不走运的兔子，总是因为想得到更多而失去了很多好机会，因此，森林中的动物对他的名字都很熟悉。

尼可的朋友很多。一天，松鼠来请他明天一起去森林中采蘑菇，蘑菇可是尼可爱吃的食物。于是，他便痛快地答应了。可是，小鹿又来邀请他明天去他家里吃新鲜的胡萝卜。胡萝卜也是尼可爱吃的，于是他也答应了小鹿。过

了一会儿，狐狸也来找尼可，他想明天跟尼可一起去游乐园。尼可一听就来了精神，游乐园他早就想去了，于是他又答应了狐狸。

可是他该去办哪件事呢？他想了半天，觉得三件事他都得去做。他想先去小鹿家吃胡萝卜，再去跟松鼠采蘑菇，最后再去游乐园玩儿。可是因为他想了好久，等赶到小鹿家时，小鹿已经吃完饭了。他又急忙赶到松鼠家，松鼠也早就一个人到森林中去了。他又

gǎn máng qù zhǎo hú li　　kě shì tā gāng gǎn dào yóu lè yuán　jiù
赶 忙 去 找 狐 狸 ，可 是 他 刚 赶 到 游 乐 园 ，就

kàn jiàn yóu lè yuán yǐ jīng guān mén le　　hú li zhèng cóng yóu lè
看 见 游 乐 园 已 经 关 门 了 ，狐 狸 正 从 游 乐

yuán lǐ wǎng wài zǒu ne
园 里 往 外 走 呢 。

　　bù zǒu yùn de ní kě zǒng shì zhè yàng　xiǎng de dào gèng duō
　　不 走 运 的 尼 可 总 是 这 样 ，想 得 到 更 多 ，

què shī qù le gèng duō　　xī wàng ní kě néng gòu xī qǔ zhè cì de
却 失 去 了 更 多 。希 望 尼 可 能 够 吸 取 这 次 的

jiào xùn　　yǐ hòu néng gòu yuè lái yuè xìng yùn　ér bú shì chù chù bù
教 训 ，以 后 能 够 越 来 越 幸 运 ，而 不 是 处 处 不

zǒu yùn
走 运 。

成长对话

　　尼可总是不能确定自己真正要的是什么，于是它在犹豫中错失了很多机会也失去了很多东西。读过这个故事之后，小朋友一定不要向尼可一样，想得到更多，却失去了更多。

虎口救主

yìn dù rén yǎng de xiàng dōu hěn xùn fú yì tiān yǒu yí gè
印度人养的象都很驯服。一天，有一个

yìn dù rén dài zhe tā de xiàng dào shù lín zhōng kǎn chái huāng yě
印度人带着他的象到树林中砍柴。荒野

de shù lín yòu shēn yòu mì xiàng tā chū yì tiáo lù bāng zhù zhù rén
的树林又深又密，象踏出一条路，帮助主人

bǎ shù zhī zhé xia lai zhǔ rén jiù bǎ chái kǔn hǎo fàng zài xiàng bèi
把树枝折下来，主人就把柴捆好放在象背

shang zì jǐ yě qí zài le xiàng shēn shang
上，自己也骑在了象身上。

tū rán xiàng bú zài tīng cóng zhǔ rén de zhǐ shì tā pāi zhe
突然，象不再听从主人的指示，它拍着

ěr duo sì miàn zhāng wàng yòu juǎn
耳朵，四面张望，又卷

qǐ bí zi dà jiào qi ai zhǔ rén kàn
起鼻子大叫起来。主人看

le kàn sì zhōu méi fā xiàn shén
了看四周，没发现什

me yì cháng jiù shēng qì
么异常，就生气

de ná qǐ shù zhī hěn
地拿起树枝狠

hěn de chōu dǎ
狠地抽打

xiàng de ěr duo
象的耳朵。

正在这时，从灌木丛中跳出一只大老虎，它想从象背上把人扑下来，但它只扑到了木柴。老虎第二次再想扑上去时，象已经转过身子，用鼻子拦腰卷住老虎，用力卷紧。老虎被象卷得张大了嘴，伸出了舌头，拼命挣扎。象把它高高地举起来使劲往地上摔，又用四脚踩踏，把老虎踩成了肉饼。主人惊魂稍定后，悔恨地说："我怎么这样愚蠢，还要打你！是你救了我的命啊！"

主人从包里掏出很多吃的，全部喂给了象。

成长对话

这是一只忠诚勇敢的象，它为了救主人不怕遭到误解，让我们感动。动物是人类最真诚的朋友，很多时候它们甚至愿意为人类奉献自己的生命，所以，我们应该更加爱护我们的朋友，让它们生活得更加舒适和温暖。

王子和小偷

从前有一个勤劳的老国王，他把国家治理得安定繁荣，人们过着幸福快乐的生活。不料年老的国王突然身患重病，只能躺在床上了。无奈，老国王唯一的儿子——年轻的卡塔王子代替父亲管理国家。

可是，王子根本就不懂得该怎么治理一个国家，他以前只知道游玩儿，根本不学习治

国之道。可是，现在父亲病了，王子必须要治理国家了。王子不知

道该怎么做，他只是每天把自己闷在屋子里，或者去父亲的卧房，企盼父亲能尽快好起来治理国家。大臣们看见王子不理朝政，都很不安，因为一个国家不能一日无主。

首相对此很担心，他召集了大臣们开会。大臣们对王子的行为都很不满。首相说："我们的王子不懂得治理国家，我们该怎么办呢？""那就找一个能治理国家的人来治理。"有一位大臣说。首相说："我们明天再去劝劝王子，如果他还是不

好好儿学习治国之道，还是无所作为，为了我们的国家，我们必须要采取行动。"

第二天，首相和大臣们去求见王子，可是王子还是闭门不见。晚上，大臣们聚在首相的家里商量对策。王子在王宫里闷极了，便出来散心，不知不觉走到了首相家门口。这时，他看见两个黑影，只听他们说："这是首相的家，一定很有钱，首

相现在正和大臣们商量大事，咱们趁机去偷些钱来。"王子很奇怪，他并不害怕小偷，只是很想知道首相和大臣们在

商量什么大事，于
是他对两个小偷说："你
们好，我也是小偷，让我加入你
们吧，多一个人成功的机会也会大一
些啊！"两个小偷同意了。

王子和两个小偷进了首相的家，两个
小偷忙着去找金银财宝，王子却偷偷地来
到首相和大臣们开会的屋外。只听首相
说："就这么定了，让年轻的王子整日闷
在屋里吧，我们找一个有能力的人来治理
我们的国家。"王子很吃惊，他怎么也没想
到首相和大臣们会秘密谋反。两个小偷
拿了很多金银财宝，王子对他们说："咱们

合作很愉快，明天早上，你们在城门口等我，我会给你们一个发大财的机会。"

王子回到了宫里，他感到了从未有过的危机感。第二天早上，王子早早儿地来到了议政厅，他召集了所有大臣。大臣们都很奇怪，不知道王子为何突然要理政了。王子坐在华丽的王位上对首相说："首相，我们的国家现在怎么样？"首相说："尊敬的王子，我们的国家现在安定祥和，人民安居乐业。""是吗？"

王子说，"我却知道我们国家有两个

小偷，他们现在就在城门口。"说完，王子让人把那两个小偷带到了宫里。两个小偷一看见王子都很吃惊，忙叩头求饶。王子说："你们犯的是小罪，可是现在有人却犯了蓄意谋反的大罪。"王子就把昨天听到的事对众人说了一遍，并让人把首相抓了起来，大臣们都很吃惊，也很害怕，只有首相一个人镇定自若。他说："尊敬的王子，如果我犯的罪能让你学到治国的本领，不再不理政事，我甘愿领死！"

王子一听，想到自己以前的行为觉得很羞愧，就下令释放了首相。他来到了父亲的卧房，请求父亲的原谅，他决定从此好好儿向大臣们

xué xí zhì lǐ guó jiā de cè lüè
学习治理国家的策略。

shǒu xiàng hé dà chén men jìn xīn fǔ zuǒ wáng zǐ bù jiǔ
首相和大臣们尽心辅佐王子。不久，

wáng zǐ jiù néng dú zì zhì lǐ guó jiā le hòu lai lǎo guó wáng
王子就能独自治理国家了。后来，老国王

de bìng hǎo le dàn tā méi yǒu jì xù zhí zhèng yīn wèi tā kàn dào
的病好了，但他没有继续执政，因为他看到

wáng zǐ yǐ jīng wán quán kě yǐ shèng rèn guó wáng zhè ge zhí wèi
王子已经完全可以胜任国王这个职位

le yú shì biàn bǎ wáng wèi chuán gěi le wáng zǐ
了，于是便把王位传给了王子。

成长对话

　　王子在与大臣们的智斗中赢得了胜利，同时他也从一个贪玩儿的男孩儿长成了合格的王位继承人，在这个过程中王子也意识到了自己的缺点和不足，并愿意努力地改变自己。也许在王子的身上就有你的影子，他的成长是否能给你一些启迪呢？

都是山羊

田野上住着5只山羊，他们长得一模一样，有时连它们自己也分不清谁是谁。山羊们每天都一起吃、一起玩儿、一起睡。

一天，5只山羊在田野上玩儿，这时，从远处又走来一只山羊。这只山羊也和它们长得一模

yí yàng   tā jiā rù dào shān yáng de duì wu zhōng   hěn kuài   tā
一样，它 加 入 到 山 羊 的 队 伍 中，很 快，它

men jiù fēn bu qīng shéi shì shéi le
们 就 分 不 清 谁 是 谁 了。

hòu lai   tián yě shang lái le ge liè rén   tā lái dào shān yáng
后来，田野 上 来 了 个 猎 人，他 来 到 山 羊

shēng huó de dì fang   duì shān yáng men shuō   è láng bǎ quán cūn
生活 的 地 方，对 山 羊 们 说："恶 狼 把 全 村

de jī dōu gěi chī le   wǒ tīng fā míng jiā gǒu xióng shuō   è láng
的 鸡 都 给 吃 了。我 听 发 明 家 狗 熊 说，恶 狼

yòng gǒu xióng gāng fā míng de biàn xíng jī   bǎ zì jǐ biàn chéng le yì
用 狗 熊 刚 发 明 的 变 形 机，把 自 己 变 成 了 一

zhī shān yáng   hùn dào le nǐ men dāng zhōng   nǐ men shéi shì láng
只 山 羊，混 到 了 你 们 当 中。你 们 谁 是 狼？"

shān yáng men yì tīng   dōu shuō zì jǐ bú shì láng   méi yǒu
山 羊 们 一 听，都 说 自 己 不 是 狼。没 有

bàn fǎ   liè rén zhǐ hǎo dài
办 法，猎 人 只 好 带

zhe shān yáng men
着 山 羊 们

zhǎo dào gǒu
找 到 狗

熊，让狗熊把狼找出来。狗熊刚好又发明出一种还原机，猎人就把山羊们都放在了还原机里。狗熊开动机器，不一会儿，就从机器里跳出了5只山羊和一只狼。

猎人扣动扳机，打死了那只狼。从此，人们过上了幸福的生活，山羊们也回到了田野上开始了无忧无虑的生活。动物们知道发明家狗熊为民除害的事情，都很敬佩它。动物们都说："还是科学的力量大啊！"

成长对话

有时候坏人会对自己进行伪装，趁机混进人群做坏事，所以我们要擦亮双眼，时刻保持清醒的头脑，不要被他们的花言巧语迷惑，任何时候都要看清他们虚伪的面目。

大象的本领

大象帮人类伐枯树,他来到树林后,树林里的动物都问他:"你是谁呀?到这来干什么?""我叫大象,来伐树的。"树林里的动物一听,一起喊起来:"那可不行,树林是我们的,你怎么能来伐树呢?你要是把树伐完了,我们住哪呀?"大象笑笑说:"我只是帮人类伐一部分枯树,不会把树伐光的。"

可是树林里的动物还是不同意,他们说:"你怎么伐树呀?这样吧,我们来比本领,如果你能胜过我们,就让你伐树!"大象说:"好。"

hóu zi shuō　　nǐ lái gēn wǒ bǐ zhāi guǒ zi ba　　shuō
猴子说："你来跟我比摘果子吧。"说

wán　tā jiù jǐ xià pá dào le shù shang　yòng liǎng
完，他就几下爬到了树上，用两

tiáo tuǐ pán zhù shù zhī　yòng liǎng zhī zhuǎ
条腿盘住树枝，用两只爪

zi　zhāi qǐ guǒ zi lái　zhāi de kě kuài
子，摘起果子来，摘得可快

le　　dà xiàng kàn le　yí huìr
了。大象看了一会

shuō　　kàn wǒ de
儿，说："看我的。"

tā yòng cháng bí
他用长鼻

zi cháo guǒ shù shǐ
子朝果树使

jìnr　yì shuǎi
劲儿一甩，

shù shang de guǒ zi jiù bú duàn de wǎng
树上的果子就不断地往
xià diào lián hóu zi yě cóng shù shang diào
下掉，连猴子也从树上掉
xia lai le
下来了。

shù lín li de dòng wù dōu
树林里的动物都
kàn dāi le tā men jué de dà
看呆了，他们觉得大
xiàng de běn lǐng hěn dà jiù tóng
象的本领很大，就同
yì tā fá kū shù le kě shì dà jiā dōu xiǎng zhī dào tā shì zěn
意他伐枯树了，可是大家都想知道他是怎
yàng fá shù de jiù zhàn zài yì biān kàn zhǐ jiàn dà xiàng yòng cháng
样伐树的，就站在一边看，只见大象用长
bí zi bǎ yí kē kū shù de shù gàn yì juǎn zài shǐ jìn yì bá
鼻子把一棵枯树的树干一卷，再使劲一拔，
jiù bǎ yí kē dà shù lián gēn bá qǐ le
就把一棵大树连根拔起了。

cóng zhè yǐ hòu shù lín li de dòng wù dōu huān yíng dà xiàng
从这以后，树林里的动物都欢迎大象
qù fá kū shù le
去伐枯树了。

成长对话

　　大象凭借自己的实力得到了小动物们的认同，所以说真正有实力的人从不吹嘘自己，事实就是最好的证明，他也同样会因此得到人们的尊敬。

都是喷嚏惹的祸

从前，在一个森林里生活着很多动物，它们生活得很快乐。有一天，森林里来了一个会唱歌的人，动物们高高兴兴地去听。可是，这位歌手唱完歌后，忍不住打了一个喷嚏，这个喷嚏的威力很大，把周围听歌的动物包括歌手自己都吹到了天上，然后又落了下来。

这时，奇怪的事发生了，狐狸的耳朵跑到了狼的头上，猫的尾巴长到了兔子身上，小鹿的角到了猫头鹰头上，连歌手自己的头发也全被吹落下来了。

被喷嚏吹到的动物都变成了一副怪样子。哎,都是这个喷嚏惹的祸。动物们生气地把歌手围住,让他马上把它们变回原样,可是歌手自己也不知道该怎么办。他想:再打一个喷嚏,也许能把大家变回去。可是无论怎么用力,歌手再也打不出一个喷嚏了。大家都很着急,催促他快点,可越是这样,歌手就越打不出喷嚏。

最后,歌手想到了一个点子,他叫动物们找来胡椒粉,倒在了他的鼻子上。

"阿一嚏!"歌手又打出了一个喷嚏,一切都

huī fù le zhèng cháng kě shì gē shǒu hǎo xiàng yòu yào dǎ pēn tì
恢复了正常，可是歌手好像又要打喷嚏

le dòng wù men yí kàn xià de yí liū yānr quán pǎo le
了。动物们一看，吓得一溜烟儿全跑了。

成长对话

　　人生中也许会发生很多意外的事情，在面对这些意外的时候千万不要慌乱，而是要让头脑保持清醒，冷静地分析问题，才能找出最好的解决办法来。

神奇的贝壳

小鲤鱼的爸爸被大鲨鱼吃了，小鲤鱼很伤心，就躲在海藻丛后面哭。

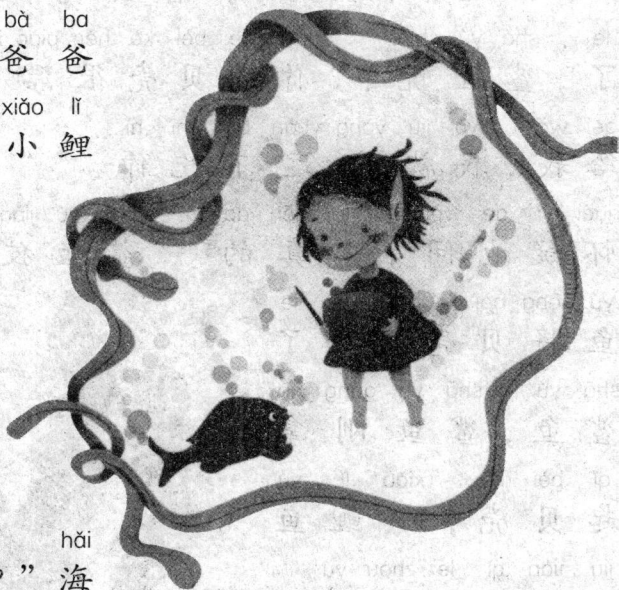

"你为什么躲在这里哭啊？"海里的小精灵问小鲤鱼。

"我爸爸被鲨鱼吃掉了！"小鲤鱼回答。

"那你为什么不想办法战胜鲨鱼呢？"小精灵又问。

"鲨鱼很凶，很可怕，我打不过他。"小鲤鱼委屈地说。

小精灵听后送给小鲤鱼一个很美丽的贝壳，并教了小鲤鱼一句咒语，还告诉他贝壳可以帮助他战胜鲨鱼，说完就不见了。

一天，小鲤鱼拿着贝壳玩时被鲨鱼看见了，鲨鱼说："你的贝壳很漂亮，如果你把它给我，我就永远不吃你。""真的？"小鲤鱼怀疑地问。"真的。"鲨鱼狡猾地说。小鲤鱼将贝壳交给了鲨鱼，鲨鱼刚拿起贝壳，小鲤鱼就念起了咒语，

bèi ké yí xià zi jiù biàn dà le   jiāng shā yú de tóu jǐn jǐn jiā
贝壳一下子就变大了，将鲨鱼的头紧紧夹

zhù bù yí huìr   shā yú jiù bèi bèi ké jiā sǐ le   xiǎo lǐ yú
住，不一会儿鲨鱼就被贝壳夹死了。小鲤鱼

zhàn shèng le shā yú   cóng cǐ yǐ hòu   xiǎo lǐ yú biàn de gèng yǒng
战胜了鲨鱼，从此以后，小鲤鱼变得更勇

gǎn le
敢了。

成长对话

　　每一个孩子都是在成长的过程中变得勇敢和坚强，在面对困难的时候，不要怯懦和逃避，而是要勇敢地面对，擦干眼泪，用智慧和勇气战胜困难，胜利永远属于那些坚持到底的人。

好狼克里

有一天，波特奶奶收到了一个圆圆的纸箱子。原来，这是波特奶奶在动物园工作的儿子送给她的新年礼物，波特奶奶很好奇，打开箱子一看，原来是一只狼，在箱子里面还有一张字条：好狼克里。

zhè zhēn shì yì zhī
这真是一只

hǎo láng tā hěn tīng nǎi
好狼，它很听奶

nai de huà tā cóng
奶的话。它从

lái bù shāng hài shēng
来不伤害牲

chù gèng bù shāng hài
畜，更不伤害

rén tiān qì rè le
人。天气热了，

nǎi nai ná lái zōng lǘ
奶奶拿来棕榈

yè gěi tā dā liáng péng kè lǐ gāo xìng de yáo zhe wěi ba kè
叶给它搭凉棚，克里高兴得摇着尾巴。克

lǐ jīng cháng hé nǎi nai yì qǐ shàng jiē zhè yàng nǎi nai zài yě
里经常和奶奶一起上街，这样，奶奶再也

bú yòng dān xīn guò mǎ lù le kàn dào kè lǐ de rén men dōu huì
不用担心过马路了。看到克里的人们，都会

wēi xiào zhe gěi tā hé nǎi nai ràng lù kè lǐ ne yě huì yáo zhe
微笑着给它和奶奶让路。克里呢，也会摇着

wěi ba duì rén men biǎo shì gǎn xiè
尾巴对人们表示感谢。

yǒu yì tiān yè lǐ yí gè xiǎo tōu lái dào le nǎi nai jiā li
有一天夜里，一个小偷来到了奶奶家里，

ná zǒu le nǎi nai hěn duō zhí qián de dōng xi nǎi nai fā xiàn le
拿走了奶奶很多值钱的东西。奶奶发现了

xiǎo tōu gāng yào hǎn xiǎo tōu jiù dǔ zhù le nǎi nai de zuǐ hái yào
小偷，刚要喊，小偷就堵住了奶奶的嘴，还要

bǎ nǎi nai bǎng qi lai zhè shí kè lǐ chū xiàn le tā pū xiàng
把奶奶绑起来。这时，克里出现了，它扑向

xiǎo tōu bǎ xiǎo tōu pū dǎo zài dì   nǎi nai chèn jī dǎ diàn huà jiào lái
小偷把小偷扑倒在地，奶奶趁机打电话叫来

le jǐng chá   zhuā zhù le zhè ge xiǎo tōu   zhè xià zi   xiǎo chéng lǐ
了警察，抓住了这个小偷。这下子，小城里

de rén men jiù dōu zhī dào le zhè zhī jiào kè lǐ de hǎo láng le
的人们就都知道了这只叫克里的好狼了。

成长对话

狼并不都是凶残的，故事中的克里就是一只好狼，它帮助奶奶做了很多事，还抓住了一个小偷。如果我们都能以真诚友善的心去对待别人，相信也一定会得到微笑和祝福的。

善良的笨小子

在一个村子里，住着一对夫妇和他们的三个儿子。两个哥哥总是欺负他们的弟弟，并叫弟弟"笨小子"。

这天，父母和两个哥哥下地干活去了，只留下笨小子看家。有一对母子哭着经过他家门口，笨小子问他们为什么哭。那个母亲说："我们是隔壁村的，我们村被强盗抢了，强盗还杀了很多人，我们什么都没了，只好离家出走了。"笨小子把他们请到家里，给他们端出了吃的东西，那母子俩急忙吃起来。母子俩走的时候，笨小子把家中仅存的一点儿钱拿出一半儿来给了他们，让他们开始新的生活。

送走了那对母子，又有一群青年经过他家门口，原来他们是自发组织起来打强盗的。他们和强盗大战了一天，已经筋疲力尽了。笨小子又把他们请到家里，让他们喝水、吃饭。青年们吃饱喝足之后，又去打强盗了。

傍晚时，父母和哥哥们从地里回来了，他们一进院子，便惊叫起来，因为他们的家乱得就像强盗来

过一样。

他们知道

了笨小子做

的事情后，

hěn shēng qì   biàn bǎ tā gǎn chū le jiā
很 生 气，便 把 他 赶 出 了 家

mén   bèn xiǎo zi zhǐ hǎo zì jǐ zài wài miàn liú làng   dàn yīn
门。笨 小 子 只 好 自 己 在 外 面 流 浪，但 因

wèi tā jīng cháng bāng zhù bié rén   suǒ yǐ tā zǒu dào nǎ lǐ dōu
为 他 经 常 帮 助 别 人，所 以 他 走 到 哪 里 都

yǒu rén bāng zhù tā
有 人 帮 助 他。

成长对话

善良的笨小子总是热心地帮助别人，所以他也总能得到别人的帮助。只要你以一颗真诚的心去面对这个世界，那么你也一定会得到同样的回报的。

伊布王子、金鸟和狮子

从前有一个国王，他有两个儿子，大王子叫塞萨，小王子叫伊布。

国王的花园中有一棵美丽的苹果树，这棵苹果树能结出金色的苹果，漂亮极了。

国王很喜欢这棵苹果树，从来不让别人碰它。

可是有一天晚上，不知从什么地方飞来一只金鸟，连着几天落在那棵苹果树上，把金色的苹果啄食了。国王很生气，他让两个王

子去花园里把
金鸟抓住。第
一天晚上，大王
子塞萨去花园里守
夜，结果他睡着了，
金鸟又啄食了一些苹
果。第二天晚上，轮
到小王子伊布在花园
里守夜，小王子没有睡
觉，他躲在树后等着金
鸟。果然，金鸟飞来了，
落在了苹果树上，小王
子悄悄地走过去，猛地
扑向正在啄食苹果
的金鸟，结
果，灵敏的

金鸟跑掉了，小王子只得到了一根金鸟的羽毛。

可是从那以后金鸟再也不来花园了。国王让大王子去外面寻找金鸟，并把它带回来，大王子带着国王的祝福上路了。小王子伊布也想去外面找寻金鸟，可是国王说："我亲爱的儿子，你的年龄还小，我怎么放心你一个人去外面呢？你还是待在我的身边吧！"小王子伊布执意要去，国王只好答应了。小王子伊布也带着国王的祝福出发了。

不知道走了多少路，这天，小王子来到了一片大森林，他把马拴在一棵树上，便躺在树下休息，谁知后来竟不知不觉地睡着了。这时候，从森林里钻出来一只大狮子，一口就把小王子的马咬死了。小王子醒了，见没有了马，便伤心地哭起来。这时，狮子走过来对他说："你的马被我吃掉了，这样吧，我来做你的马！"

小王子骑上狮子，狮子跑起来就像飞一样。小王子打听到金鸟是伊比利特国国王养的鸟，他便骑着狮子趁着黑夜来到了伊比利特国的王宫，打算把金鸟偷走。

狮子告诉他，千万别摸金鸟脖子上漂亮的锁链，

否则会惊动侍卫的。

小王子来到了关金鸟的笼子前，打开笼子捧出了金鸟，他看见金鸟脖子上漂亮的锁链便忍不住摸了一下，结果金鸟大叫起来，惊醒了侍卫，小王子被抓住了。

侍卫们把他带到了伊比利特国国王的面前，国王说："你是谁？为什么要偷我的金鸟？"小王子说："我是伊布王子，你的金鸟偷吃了我父亲珍爱的金苹果。"国王说："如果你正当地向我要，我会把金鸟给你，可是你却来偷，你必须为我做一件事情，我才不会把你关起来。我们国家有一只漂亮的五彩鹿，我一直想见到它，却始终没有看

见。你帮我把它抓到吧！"小王子答应了。

小王子骑着狮子在这个国家里穿梭，终于发现了五彩鹿的行踪。他制作了一张精巧的网，把五彩鹿捉住了。伊比利特国国王很高兴，说："你很勇敢，你可以回家了，另外，你也可以把金鸟带回去，作为我对你的奖赏。"王子谢过国王，高兴地骑着狮子回家了。

狮子把王子送到王宫的门口，说："我已经帮助了你，我该走了。"说完，狮子就消失了。小王子伊布在回家的路上遇到了依然在寻找金鸟的哥哥，虽然哥哥没有找到金鸟，可是也平安地回来了，兄弟二人带着金鸟回到了王宫。国王很高兴，听完小王子的叙述，国王下令把金鸟送回了伊比利特国。从此，两国关系非常友好。

成长对话

聪明执著的伊布王子在寻找金鸟的旅程中遇到了很多困难，但他用自己的勇敢和坚持渡过了难关。我们也应该学习伊布王子身上的品质，坚持理想，执著追求，那么，总有一天也会品尝到成功的喜悦。

墙壁上的画

小林和小强是一对好朋友。他们俩都会画画儿，并且都画得很好。

在学校前面有一处废弃的院墙，小林在墙上画了一艘漂亮的船。同学们都说画得好，就像真的一样。小林听到夸奖，开心地笑了。但小强可

bú zhè me xiǎng tā zì
不这么想，他自
yán zì yǔ dào wǒ huà
言自语道："我画
de bǐ tā hǎo yú
得比他好！"于
shì fàng xué hòu xiǎo
是，放学后，小
qiáng zài qiáng shang huà le
强在墙上画了
kě pà de fēng bào fēng
可怕的风暴，风
bào hǎo xiàng yào bǎ chuán
暴好像要把船
cuī huǐ shì de
摧毁似的。

dì èr tiān tóng xué men yí kàn dōu shuō xiǎo qiáng huà de
第二天，同学们一看，都说小强画得
hǎo xiǎo qiáng hěn de yì xiǎo lín ne tā yòu huà le jǐ sōu
好。小强很得意。小林呢，他又画了几艘
xiǎo chuán hǎi yuán men chéng zuò xiǎo chuán xiàng àn biān huá qù
小船，海员们乘坐小船向岸边划去
tóng xué men yòu shuō hǎo dāng tiān xià wǔ xiǎo qiáng yòu zài xiǎo
同学们又说好。当天下午，小强又在小
chuán hòu huà le yì tiáo kě pà de dà shā yú shā yú zhèng zhāng dà
船后画了一条可怕的大鲨鱼，鲨鱼正张大
zuǐ ba zhuī gǎn hǎi yuán ne dì sān tiān xiǎo lín bǎ hǎi yuán men
嘴巴追赶海员呢。第三天，小林把海员们
huà zài le shā yú de bèi shang shā yú zhèng zài màn yōu yōu de tuó
画在了鲨鱼的背上，鲨鱼正在慢悠悠地驮
zhe hǎi yuán men xiàng àn biān yóu qù
着海员们向岸边游去。

xiǎo qiáng hái xiǎng huà　　kě shì jiù zài tā yào huà de shí hou
小强还想画，可是就在他要画的时候，

xiǎo lín chū xiàn le　　tā duì xiǎo qiáng shuō　　wǒ men bié zài huà
小林出现了，他对小强说：“我们别再画

le　　wǒ men hái shi zuò hǎo péng you ba　　xiǎo qiáng hóng zhe liǎn
了！我们还是做好朋友吧！”小强红着脸

diǎn tóu dā ying le　　xiǎo qiáng zài shā yú de bèi shàng huà le xiǎo
点头答应了。小强在鲨鱼的背上画了小

lín　　xiǎo lín zài shā yú bèi shang huà le xiǎo qiáng　　tā men huà de
林，小林在鲨鱼背上画了小强。他们画得

xiàng jí le　　liǎng ge hǎo péng you kàn kan huà　　zài kàn kàn duì fāng
像极了，两个好朋友看看画，再看看对方，

dōu xiào le
都笑了。

成长对话

　　每个人都有虚荣心，这并不可怕，可怕的是无休止的攀比。这种攀比会让人的虚荣心无限放大，变得只追求虚荣，最终往往害人害己。我们要学会宽容地对待他人，用一颗真诚的心去面对生活才会拥有美好的人生。

精灵请客

zài dà sēn lín li   yào xiǎng
在大森林里，要想

dé dào xiǎo jīng líng de yāo qǐng kě bú
得到小精灵的邀请可不

shì yí jiàn róng yì de shì qing
是一件容易的事情。

tīng shuō   rú guǒ kàn
听说，如果看

dào le xià tiān de dì
到了夏天的第

yī dào cǎi hóng nà jiù yì
一道彩虹，那就意

wèi zhe xiǎo jīng líng zài fā chū
味着小精灵在发出

yāo qǐng   tā zài qǐng nǐ qù fù tā men de shèng yàn ne
邀请，他在请你去赴他们的盛宴呢。

xiǎo hú li kǎ kā yě zhī dào zhè ge chuán shuō   tā yě xiǎng
小狐狸卡喀也知道这个传说，他也想

bèi xiǎo jīng líng yāo qǐng   kě shì   zhè ge niàn tou zhǐ shì zài nǎo hǎi
被小精灵邀请，可是，这个念头只是在脑海

li yí zhuàn jiù liū zǒu le   yīn wèi tā yào qù zhào gù shuāi duàn le
里一转就溜走了，因为他要去照顾摔断了

tuǐ de hā yī dà shěn   dà shěn yǒu liǎng ge hěn xiǎo de bǎo bao yào
腿的哈伊大婶。大婶有两个很小的宝宝要

zhào gù   jiù shì wèi le gěi hái zi zhǎo shí wù   tā de tuǐ cái shuāi
照顾，就是为了给孩子找食物，她的腿才摔

断了。卡喀从哈伊大婶家出来，又来到小松鼠贝贝家，贝贝特别喜欢睡觉，冬天要来了，要准备一些过冬的东西呢。于是，卡喀把小松鼠叫醒，让他和自己一起去找吃的。晚上，卡喀还要去看看山羊爷爷家的油灯修好了没有，要不然爷爷又要摸黑找东西了。

卡喀是一只孤单的小狐狸，也是一只善良的小狐狸，他喜欢帮助别人。有一次，卡喀在帮助别人的路上遇到了大雨，他找了一个树洞避雨，等雨过天晴的时候，卡喀看到天边挂着一

dào měi lì de cǎi hóng   nà shì xiǎo jīng líng xiàng kǎ kā fā chū de
道美丽的彩虹，那是小精灵向卡喀发出的

yāo qǐng   kǎ kā yào qù cān jiā xiǎo jīng líng wèi tā zhǔn bèi de shèng
邀请，卡喀要去参加小精灵为他准备的盛

yàn le   zhè shì duì tā shàn liáng de jiǎng lì
宴了，这是对他善良的奖励……

成长对话

　　善良的小狐狸卡喀热心地帮助那些需要帮助的人，它也因自己的善良获得了精灵的邀请。我们在现实生活中也要保持一颗善良的心，相信不久好运就会降临。

布谷鸟报春

春天到了，春风吹着大地，迎春花从睡梦中苏醒过来，露出了黄黄的小脸蛋儿。

小麻雀在蓝天上飞翔，小兔子在草地上玩耍，小蜜蜂在花丛中飞舞……唯独不见布谷鸟的身影，往年可是一到春天，就能听见布谷鸟报春的声音啊！

小麻雀来到布谷鸟家，看见布谷鸟正躺在床上，原来他感冒了。小麻雀衔来松针，说："你今天

晚上睡觉前闻一下这清香的松针,明天早上你的病就会好了。"

小兔子来了,她带来了最嫩的草叶,上面还带着露珠呢,她说:"布谷鸟,你晚上含一片嫩草叶,病就会好了。"

小蜜蜂也来了,他带来了花蜜,说:"这是我采的第一份花蜜,你晚上睡觉前吃点儿,病就会好了。"

布谷鸟看看松针,又看看草叶和花蜜,就按照好朋友们说的去做了。第二天,他的病果然好了。他欢快地叫着:"布谷!布谷!"他又可以报春了。

小麻雀听见了,说:"一定是我的松针治好了布谷鸟的病。"

xiǎo tù zi tīng jiàn le shuō　　yí dìng shì wǒ de nèn cǎo yè
小兔子听见了，说："一定是我的嫩草叶

zhì hǎo le bù gǔ niǎo ce bìng
治好了布谷鸟的病。"

xiǎo mì fēng tīng jiàn le shuō　　yí dìng shì wǒ de huā mì zhì
小蜜蜂听见了，说："一定是我的花蜜治

hǎo le bù gǔ niǎo de bìng
好了布谷鸟的病。"

dà jiā dōu hěn kāi xīn jiù yì qǐ zhǎo bù gǔ niǎo wánr
大家都很开心，就一起找布谷鸟玩儿

qù le
去了。

成长对话

　　朋友虽然不能给你浩瀚的大海，但可以给你一泓清泉，滋润你干涸的心灵；虽然不能给你明亮的太阳，但可以送你一缕阳光，照亮你阴霾的心情。

懂礼貌的小松鼠

小松鼠是一个腼腆的孩子,见到生人就脸红,妈妈看到这种情形非常担心,怕他以后被别人欺负。可是不管妈妈怎么说,小松鼠都是那么腼腆,妈妈非常无奈。

有一天,妈妈告诉小松鼠一个办法,让小松鼠见到熟悉的人就伸出他的前爪,看看会有什么事情发生。结果,小松鼠发现大家并没有他想象中那样冷漠,而是同样热情地予以回应,这样一来,小松鼠的胆子就大了起来。

从那以后,可爱的小松鼠不管见到谁,

dōu huì hěn yǒu lǐ mào de bǎ qián zhǎo shēn guò qu xiàng bié rén wèn
都会很有礼貌地把前爪伸过去向别人问

hǎo dà jiā dōu hěn xǐ huan tā
好，大家都很喜欢他。

nǐ hǎo a xiǎo bái tù xiǎo sōng shǔ xiàng xiǎo bái tù
"你好啊！小白兔！"小松鼠向小白兔

shēn chū le rè qíng de qián zhǎo wǒ lái bāng nǐ ba huáng niú
伸出了热情的前爪。"我来帮你吧，黄牛

bó bo kàn dào huáng niú fèi lì de lā zhe chē xiǎo sōng shǔ gǎn
伯伯。"看到黄牛费力地拉着车，小松鼠赶

jǐn shēn chū qián zhǎo lai bāng tā yì qǐ tuī chē
紧伸出前爪来，帮他一起推车。

āi yā wǒ de táo zi quán diào jìn hé li qù le zhè kě
"哎呀，我的桃子全掉进河里去了，这可

zěn me bàn ne xiǎo hóu zi zháo jí de shuō méi shì wǒ
怎么办呢？"小猴子着急地说。"没事，我

lái bāng nǐ ba xiǎo sōng shǔ shēn chū qián zhǎo bǎ táo zi yí gè
来帮你吧。"小松鼠伸出前爪，把桃子一个

bú là de jiǎn jìn xiǎo hóu zi de kuāng zi li xiè xiè nǐ a
不落地捡进小猴子的筐子里。"谢谢你啊，

xiǎo sōng shǔ wǒ yào gěi nǐ yí gè zuì dà
小松鼠，我要给你一个最大

de táo zi zuò wéi huí bào bú
的桃子作为回报。""不

要不要，不用这样客气。"小松鼠一边说着，一边往后退，怎么也不肯伸出他的前爪。妈妈在一边欣慰地看着小松鼠，她的儿子终于长大了。

成长对话

待人接物有礼貌是一种美德，要想得到别人的欢迎和尊重，首先就要做一个有礼貌的人。故事中的小松鼠就给我们树立了一个好榜样。

幸福的小鹿

小鹿乐乐来到游乐场，看到一只漂亮的小鸟也来这里玩儿了，但她一直不停地飞来飞去，却不落下来，原来游乐场里一棵树都没有，小鸟没有地方安家。

乐乐赶紧跑到一家超市买了一棵塑料树。他举着树跑向小鸟，可是小鸟却以为乐乐要来抓她，于是扑扇着翅膀飞到了滑梯上，乐乐举着树跟了过去，小鸟又飞走

le　　　lè le lèi de mǎn shēn shì hàn　　shāng xīn de shuō　　wǒ
了……乐乐累得满身是汗，伤心地说："我

hǎo xīn zhǎo lái le yì kē shù　　nǐ wèi shén me bú luò zài shàng miàn
好心找来了一棵树，你为什么不落在上面

ne　　xiǎng zhe xiǎng zhe　　lè le kū le　　dà dī dà dī de lèi
呢？"想着想着，乐乐哭了，大滴大滴的泪

zhū luò dào le　sù liào shù shang
珠落到了塑料树上。

xiǎo niǎo jiàn lè le
小鸟见乐乐

kū le　　zhī dào tā bú
哭了，知道他不

shì zhuā zì jǐ de　　biàn
是抓自己的，便

fàng xīn de luò dào shù
放心地落到树

shang　　huān kuài de jiào
上，欢快地叫

zhe　　hěn kuài　　bù zhī
着。很快，不知

cóng shén me　dì fang yòu fēi lái
从什么地方又飞来

le xǔ duō piào liang de xiǎo niǎo
了许多漂亮的小鸟，

tā men quán luò dào le zhè kē shù
他们全落到了这棵树

shang　　xiǎo niǎo men zài shù shang
上，小鸟们在树上

yú kuài de jiào zhe
愉快地叫着。

lè le zhàn zài shù xià tīng zhe xiǎo niǎo men kuài huo de gē

乐乐站在树下听着小鸟们快活地歌

chàng tā de xīn li tián zī zī de jué de zì jǐ shì shì shàng

唱，他的心里甜滋滋的，觉得自己是世上

zuì xìng fú de xiǎo lù

最幸福的小鹿。

成长对话

热心的小鹿帮助小鸟找到了新家，而小鸟也唱着欢乐的歌来感谢小鹿。它们之间的友谊让它们感到幸福快乐，朋友之间就是应该这样相互帮助和关爱的。

真正的友情

东子有两个好朋友,他们之间的友情非常深厚。

有一段时间东子在生活上遇到了困难,连吃饭都成了问题。在一个寒冷的冬夜,他打算去两个朋友家借钱。到了第一个朋友家说明来意后,第一个朋友回答

说:"我的生活也很困难,哪有钱借给你啊!你还是到别处去看看吧!"于是东子两手空空地来到了第二个朋友家。第二个朋友还没等他开口就问:

"你是不是遇到什么困难了?"他说:"我没有钱买米了,想借点儿钱。"第二个朋友说:"你等一下。"说完就到另一间屋去了。他隐约听到第二个朋友对他的妻子说:"我们还有多少钱?"妻子说:"不多了,刚买完米。"第二个朋友说:"那你把米给我装一袋吧!"从第二个朋友家出来,东子的肩上多了一袋米,心里多了一份情。

后来东子的生活好了,什么都不缺了,他请两个朋友到家里做客。第一个朋友带了很多礼物,第二个朋友则两手

kōng kōng　　　dōng zi duì dì yī ge péng you shuō　　xiè xiè nǐ
空 空。东 子 对 第 一 个 朋 友 说:"谢 谢 你,
zhè xiē dōng xi　yí dìng hěn guì ba　　dàn tā de jià zhí yuǎn yuǎn bǐ
这 些 东 西 一 定 很 贵 吧! 但 它 的 价 值 远 远 比
bu shàng ái è shí de　yí dài mǐ
不 上 挨 饿 时 的 一 袋 米!"

成长对话

　　救人要救急。在最危难的时候,你才会发现谁是你真正的朋友。
朋友之间需要以诚相待,在关键时刻更需要相互帮助、相互照顾。

朋　友

　　一只黄鹂、一只兔子和
一只熊住在同一栋大楼
里，黄鹂住在三楼，兔子住
在二楼，熊住在一楼。他
们是很好的朋友，经常在
一起玩耍。

　　一天清早，兔子想睡懒
觉，可是楼上的黄鹂一直
"唧唧喳喳"地唱歌，而楼
下的熊则不停地打呼噜，
吵得他睡不好。于是，兔
子跑到楼上对黄鹂说：

"熊很讨厌你'唧唧喳喳'的叫声。"他又跑到楼下对熊说:"黄鹂很讨厌你打呼噜的声音。"

黄鹂和熊听后都很生气,各自说:"既然讨厌我,那我就搬走吧。"于是,黄鹂和熊都搬走了。只剩下了兔子住在这栋大楼里。晚上,兔子怎么也睡不着。他很想念朋友们,可是现在他们都在哪儿呢?

第二天一早,兔子就去寻找朋友们了,并诚恳地向他们道了歉。黄鹂和熊一听都大吃一惊,但他

men hái shì yuán liàng le tù zi yú shì huáng lí hé xióng yòu bān
们 还 是 原 谅 了 兔 子 , 于 是 , 黄 鹂 和 熊 又 搬

huí le yuán lái de jiā dà jiā shuō hǎo yào xiāng hù tǐ liàng hé
回 了 原 来 的 家 。 大 家 说 好 要 相 互 体 谅 , 和

mù xiāng chǔ
睦 相 处 。

sān ge hǎo péng you yòu kuài kuài lè le de shēng huó zài yì
三 个 好 朋 友 又 快 快 乐 乐 地 生 活 在 一

qǐ le
起 了 。

成长对话

　　朋友之间要和睦相处,彼此之间相互体谅,才能保持纯洁的友谊。如果相互挑剔指责,友谊之花就会凋谢。从故事中的小兔子身上,你能明白这个道理吗?

狐狸报恩

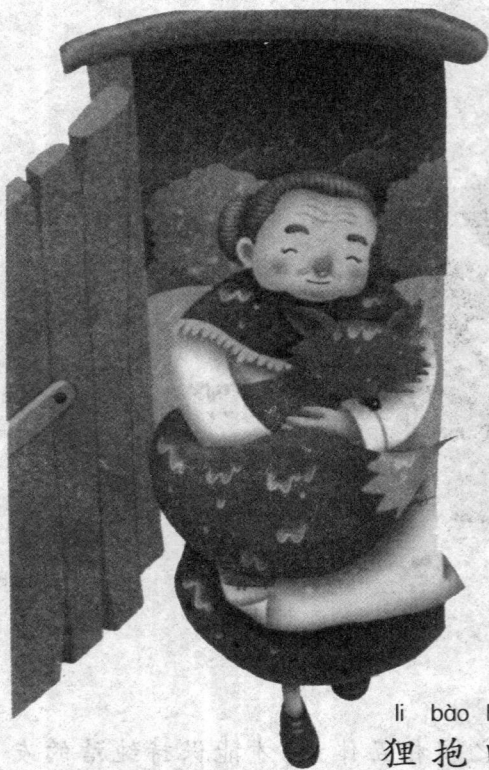

cóng qián　　zài yí zuò dà
从 前，在 一 座 大
shān li　zhù zhe yí gè gū kǔ
山 里，住 着 一 个 孤 苦
líng dīng de lǎo nǎi nai　　yí gè
伶 仃 的 老 奶 奶。一 个
yǔ yè　lǎo nǎi nai cóng wài miàn
雨 夜，老 奶 奶 从 外 面
huí lái shí　zài lù biān fā xiàn
回 来 时，在 路 边 发 现
le yì zhī bèi yǔ lín de yǎn yǎn
了 一 只 被 雨 淋 得 奄 奄
yì xī de xiǎo hú li　　lǎo nǎi
一 息 的 小 狐 狸。老 奶
nai bǎ zhè zhī kě lián de xiǎo hú
奶 把 这 只 可 怜 的 小 狐
li bào huí le jiā　　tā zài wū li shēng
狸 抱 回 了 家。她 在 屋 里 生
qǐ lú huǒ　gěi xiǎo hú li qǔ nuǎn　　hái zuò zhōu gěi tā chī　wǎn
起 炉 火，给 小 狐 狸 取 暖。还 做 粥 给 它 吃，晚
shang shuì jiào shí　hái bǎ tā bào zài huái li
上 睡 觉 时，还 把 它 抱 在 怀 里。
cóng nà yǐ hòu　　lǎo nǎi nai hé xiǎo hú li xiāng yī wéi mìng
从 那 以 后，老 奶 奶 和 小 狐 狸 相 依 为 命。
lǎo nǎi nai shàng shān kǎn chái　xiǎo hú li jiù gēn zhe　lǎo nǎi nai
老 奶 奶 上 山 砍 柴，小 狐 狸 就 跟 着，老 奶 奶下田种地，小狐狸就坐在旁边，小狐狸在老奶奶的照料下，逐渐长大了。

后来，小狐狸不见了，老奶奶找了很久也没找到，她非常伤心。一天，老奶奶在回家的路上遇到了一只目露凶光的狼，它一点点儿地靠近老奶奶，老奶奶吓坏了。正在这时，来了几只狐狸，挡在了老奶奶身前，领头的狐狸对着那只狼龇牙咧嘴，狼一看这么多狐狸，就吓跑了。老奶奶得救了。

第二天，老奶奶正在做饭，忽然听到敲门声，她感到很奇怪，开门一看，只见昨天那只领头的狐狸口里正衔着一盒礼

物坐在门口。老奶奶顿时明白了，原来是小狐狸长大了，昨天是它救了自己。

成长对话

　　老奶奶把全部的爱都给了小狐狸，她无微不至的关怀换来了小狐狸舍命相救的报答，谱写了一曲人与动物互相帮助、和谐相处的颂歌。

小笨驴和小黄牛

秋天到了，小动物们都开始收割粮食了。小笨驴和小黄牛的庄稼挨着，所以他们决定一起收割。

他们将所有的庄稼收割完以后，约定第二天一起来把粮食运回家。第二天，小笨驴和小黄牛早早儿地来到了地里，开始的时候他们都干得十分努力，但时间长了他们都开始互相埋怨起来。小笨驴心想：真是便宜小黄牛了，他地里的粮食要比我的多，我还得和他背得

一样重，真累啊。小黄牛埋怨着：真倒霉，大部分粮食都是小笨驴的，害得我都直不起腰了。

最后只剩下一袋粮食了，小笨驴和小黄牛都不想背，小黄牛眼珠一转，对小笨驴说："这样吧，我们一起背。""只有一袋了，我们怎么一起背呢？"小笨驴说。"那我背粮食袋子，你背我，怎么样？"小黄牛回答。小笨

lú xiǎng le xiǎng jué de zhè ge zhǔ yi hěn hǎo jiù tóng yì le
驴 想 了 想 ， 觉 得 这 个 主 意 很 好 ， 就 同 意 了 。

jiù zhè yàng xiǎo huáng niú bēi zhe dài zi xiǎo bèn lú bēi zhe
就 这 样 ， 小 黄 牛 背 着 袋 子 ， 小 笨 驴 背 着

xiǎo huáng niú zǒu a zǒu a xiǎo huáng niú zài xiǎo bèn lú shēn
小 黄 牛 。 走 啊 ， 走 啊 ， 小 黄 牛 在 小 笨 驴 身

shang tōu xiào xiǎo bèn lú lèi de jiǎo dōu tái bu qǐ lái le yí
上 偷 笑 ， 小 笨 驴 累 得 脚 都 抬 不 起 来 了 。 一

gè bù xiǎo xīn xiǎo bèn lú shuāi dǎo le xiǎo huáng niú hé dài zi
个 不 小 心 ， 小 笨 驴 摔 倒 了 ， 小 黄 牛 和 袋 子

bèi pāo chū hěn yuǎn hòu zhòng zhòng de shuāi zài le dì shang
被 抛 出 很 远 后 重 重 地 摔 在 了 地 上 ……

成长对话

朋友之间是不应该相互抱怨和猜忌的，只有同心协力才能把事情做好。可是故事中的小笨驴和小黄牛却让事情变成了一团糟。小朋友们在与朋友相处的时候一定要真诚，可不要学故事中的它们啊！

虾和螃蟹

　　zhǎng cháo le　　hǎi li de xiǎo dòng wù men dōu chèn zhe zhè ge
　　涨　潮　了，海里的小动物们都趁着这个
jī huì lái dào shā tān shang wán　　xiā hé páng xiè yě zài qí zhōng
机会来到沙滩上玩，虾和螃蟹也在其中，
měi tiān zhè ge shí hou shì tā men zuì gāo xìng de shí hou
每天这个时候是他们最高兴的时候。

　　tuì cháo le　　xiǎo dòng wù men yě dōu suí zhe cháo shuǐ huí dào
　　退潮了，小动物们也都随着潮水回到
le hǎi li　　dàn xiā hé páng xiè què yīn wèi tān wánr　　bèi liú zài
了海里，但虾和螃蟹却因为贪玩儿被留在
le shā tān shang　　děng tā men xiǎng qǐ gāi huí jiā de shí hou　　cháo
了沙滩上，等他们想起该回家的时候，潮
shuǐ yǐ jīng tuì wán le
水已经退完了。

　　　　　　　　　xiā zài shā tān shang bù tíng de niǔ
　　　　　　　　　虾在沙滩上不停地扭
dòng　　tā xiǎng zài bèi rén men fā xiàn zhī
动，他想在被人们发现之
qián huí dào hǎi li　　tā xiāng xìn zhǐ yào
前回到海里，他相信只要

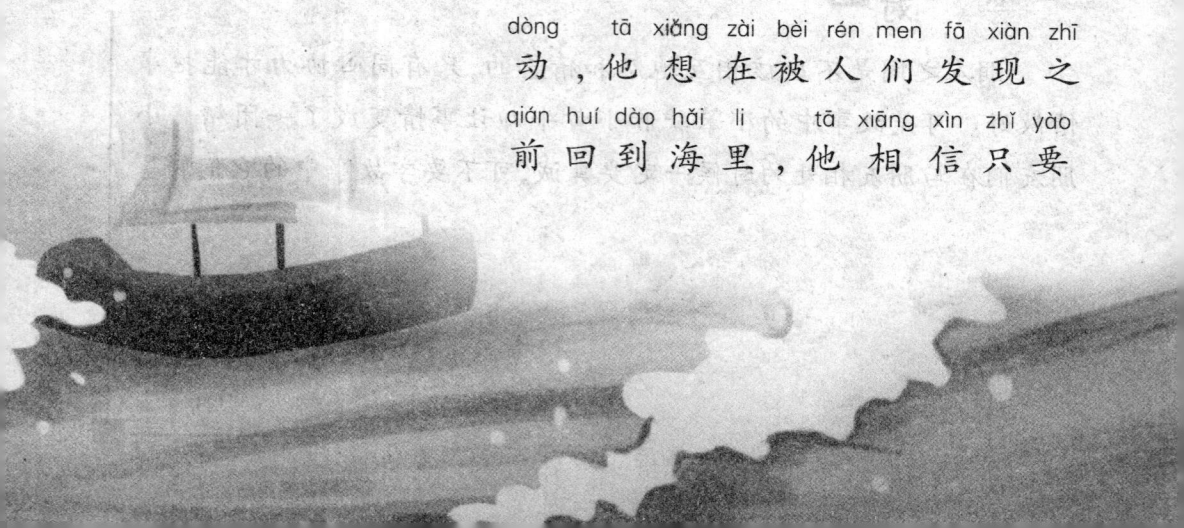

努力就一定会成功的。不一会儿他的身上就裹满了沙子，力气也差不多用完了，但他还是没有放弃，并一直在为自己加油："我一定会成功的，加油！"

"你这样做是没用的，还是省点儿力气吧，明天涨潮就好了。"螃蟹说。

"一晚上会发生许多事情，也许没到明天我们就被人发现了，我要靠自己的力量回到海里。"说

wán xiā yòu kāi shǐ xiàng hǎi li
完虾又开始向海里

niǔ dòng
扭动。

gōng fu bú fù yǒu xīn rén
功夫不负有心人，

xiā chéng gōng le tā huí dào le
虾成工了，他回到了

hǎi li hǎi shuǐ jiāng tā shēn
海里，海水将他身

shang de shā zi dōu chōng le xià
上的沙子都冲了下

qù tā yòu kě yǐ zài hǎi li zì yóu zì zài de yóu yǒng le páng
去，他又可以在海里自由自在地游泳了。螃

xiè jiù cǎn le tā zài xiā huí dào hǎi li hòu bù jiǔ jiù bèi zài hǎi
蟹就惨了，他在虾回到海里后不久就被在海

biān wán shuǎ de xiǎo háir fā xiàn le xiǎo háir bǎ páng xiè ná
边玩耍的小孩儿发现了，小孩儿把螃蟹拿

huí jiā zhǔ zhe chī le
回家煮着吃了。

成长对话

　　虾没有放弃努力，最终回到了大海的怀抱，但螃蟹则遭遇了不同的命运。一个人不能让自己生活得太过安逸，危险也许就潜藏在风平浪静之后。

三个村妇的儿子

sān ge cūn fù zà shuǐ jǐng páng dǎ shuǐ
三个村妇在水井旁打水。

dì yī gè cūn fù yì biān chī lì de dǎ shuǐ yì biān kuā jiǎng
第一个村妇一边吃力地打水，一边夸奖

zì jǐ de ér zi shuō wǒ ér zi kě zhēn yōu xiù tā shēn shǒu
自己的儿子说："我儿子可真优秀，他身手

líng huó néng dào lì xíng zǒu
灵活，能倒立行走。"

dì èr ge cūn fù shuō yào shuō ér
第二个村妇说："要说儿

zi hái děi shǔ wǒ ér zi yōu xiù
子，还得数我儿子优秀，

tā chàng gē hěn dòng tīng bǎi líng
他唱歌很动听，百灵

niǎo dōu bǐ bu liǎo
鸟都比不了。

dì sān
第三

ge cūn fù què
个村妇却

什么也没说，她只是默默地打水。前两个村妇感到很奇怪，说："你怎么不说说自己的儿子？"第三个村妇说："我的儿子没什么特别的，他很平凡，但我很爱他，他也很爱我。"

前两个村妇一听，很生气，说："哪有母亲不爱儿子，儿子不爱母亲的？"

三个村妇提着水桶吃力地向家走去。走了一会儿，第一个村妇的儿子迎面走来了，

tā lái dào mǔ qīn de shēn biān dǎo lì
他来到母亲的身边，倒立

qǐ lái rě de mǔ qīn hā hā dà
起来，惹得母亲哈哈大

xiào zhí kuā tā yōu xiù yòu zǒu le
笑，直夸他优秀。又走了

yí huìr dì èr ge cūn fù de ér
一会儿，第二个村妇的儿

zi zǒu lái le tā zài mǔ qīn shēn biān chàng qǐ dòng tīng de gē nà
子走来了，他在母亲身边唱起动听的歌，那

gē shēng kě zhēn měi miào yòu zǒu le yí huìr dì sān ge cūn
歌声可真美妙。又走了一会儿，第三个村

fù de ér zi zǒu lái le tā máng jiē guò mǔ qīn de shuǐ tǒng shuō
妇的儿子走来了，他忙接过母亲的水桶，说：

nín zěn me lái dǎ shuǐ le zhè yàng de zhòng huó yìng gāi wǒ lái
"您怎么来打水了？这样的重活应该我来

gàn shuō wán gěi mǔ qīn cā le cā é tóu shang de hàn shuǐ
干。"说完，给母亲擦了擦额头上的汗水。

qián liǎng ge cūn fù tí zhe zhòng zhòng de shuǐ tǒng hé tā men
前两个村妇提着重重的水桶和她们

de ér zi huí jiā le ér dì sān ge cūn fù zé zài ér zi de chān
的儿子回家了，而第三个村妇则在儿子的搀

fú xià huí jiā le
扶下回家了。

成长对话

　　故事中第三个村妇的儿子虽然很平凡，也没有什么值得骄傲的本领，但他全心地爱着自己的母亲，这已经远远胜过了一切。他懂得爱的真谛，这才是最宝贵的。

一只耳朵的小猫

从前有一只叫咪咪的小猫。他只有一只耳朵。他很想找到传说中的鼠国,但找了很久,都没有结果,而且每个人都嘲笑他说:"你以为真的能找到鼠国吗?那只是一个传说。"

咪咪在寻找鼠国的途中遇到了一群猫,那些猫说世界上根本就没有鼠国，于是他就留了下来。那些猫很不喜欢咪咪，因为他只有一只耳朵。

有一天，在他们捉老鼠的时候遇到了一只小老虎，所有的猫都爬到了树上，只有咪咪在地上与小老虎对峙，小老虎从没见过长着一只耳朵的猫，所以很害怕，他刚想走咪咪就跳到了他的背上。小老虎吓得拼命向前跑，一直到跑不动了才停了下来。咪咪从老虎的身上下来后发现这里有很多老鼠，原来这就是传说中的鼠国。

成长对话

咪咪虽然不被别人喜欢，但他却有自己执著的理想，不在乎别人的眼光。当你下定决心去做一件事情的时候，就一定要坚持自己的信念，踏踏实实地走好每一步，总有一天你会得到你想要的东西。

猫捉老鼠

māo mā ma yǒu sì ge kě ài de hái zi dà
猫 妈 妈 有 四 个 可 爱 的 孩 子 ：大

máo èr máo sān máo hé sì máo māo mā ma hěn xǐ huan tā
毛 、二 毛 、三 毛 和 四 毛 。 猫 妈 妈 很 喜 欢 他

men měi tiān dōu jiāng tā men zhào gù de hěn hǎo hěn kuài sì
们 ，每 天 都 将 他 们 照 顾 得 很 好 。很 快 ，四

zhī xiǎo māo dōu zhǎng dà le yào xué běn lǐng le
只 小 猫 都 长 大 了 ，要 学 本 领 了 。

zhè tiān māo mā ma bǎ dà máo èr máo sān máo sì máo
这 天 ，猫 妈 妈 把 大 毛 、二 毛 、三 毛 、四 毛

dài dào le jiāo wài kāi shǐ jiāo tā men zhuō lǎo shǔ de běn lǐng
带 到 了 郊 外 ，开 始 教 他 们 捉 老 鼠 的 本 领 。

māo mā ma xiān jiǎng jiǎng wán hòu gāng yào shí jiàn gěi hái zi men
猫 妈 妈 先 讲 ，讲 完 后 刚 要 实 践 给 孩 子 们

kàn dà máo jiù shuō zhè zhēn shi tài jiǎn dān le wǒ huì le
看，大毛就说："这真是太简单了，我会了，

xiàn zài wǒ jiù qù zhuō lǎo shǔ shuō wán jiù zǒu le
现在我就去捉老鼠。"说完就走了。

māo mā ma dài zhe èr máo sān máo sì máo zhǎo dào le yí
猫妈妈带着二毛、三毛、四毛找到了一

gè lǎo shǔ dòng jiù jiāo tā men zěn me děng lǎo shǔ chū lái děng le
个老鼠洞，就教他们怎么等老鼠出来，等了

hěn cháng shí jiān lǎo shǔ hái shi méi yǒu chū lái èr máo hé sān máo
很长时间老鼠还是没有出来，二毛和三毛

shòu bu liǎo le jiù duì mā ma shuō zhè tài jiǎn dān le zhǐ yào
受不了了，就对妈妈说："这太简单了，只要

děng zhe jiù kě yǐ le wǒ men yě huì le xiàn zài wǒ men yào qù
等着就可以了，我们也会了，现在我们要去

zhuō lǎo shǔ le shuō wán èr máo hé sān máo yě zǒu le
捉老鼠了。"说完，二毛和三毛也走了。

sì máo hái shi lǎo lǎo shi shi de hé mā ma duǒ zài lǎo shǔ dòng
四毛还是老老实实地和妈妈躲在老鼠洞

wài miàn yòu guò le hěn cháng shí
外面，又过了很长时

jiān lǎo shǔ zhōng yú chū lái
间，老鼠终于出来

le zhǐ jiàn māo mā ma
了。只见猫妈妈

xiàng lǎo shǔ měng pū guo
向老鼠猛扑过

qu hái méi děng lǎo shǔ fǎn
去，还没等老鼠反

yìng guo lai jiù bǎ tā zhuā zhù
应过来，就把它抓住

le māo mā ma de dòng zuò fēi
了。猫妈妈的动作非

cháng xián shú　sì máo kàn zài yǎn li　jì zài xīn shàng　sì máo kāi
常 娴 熟，四 毛 看 在 眼 里 记 在 心 上，四 毛 开

shǐ zhuō lǎo shǔ le
始 捉 老 鼠 了。

wǎn shang　dà máo　èr máo　sān máo dōu méi yǒu zhuō dào lǎo
晚 上，大 毛、二 毛、三 毛 都 没 有 捉 到 老

shǔ　è zhe dù zi huí le jiā　sì máo bù jǐn chī de bǎo bǎo
鼠，饿 着 肚 子 回 了 家。四 毛 不 仅 吃 得 饱 饱

de　hái gěi mā ma dài huí le yì zhī lǎo shǔ zuò yè xiāo
的，还 给 妈 妈 带 回 了 一 只 老 鼠 做 夜 宵。

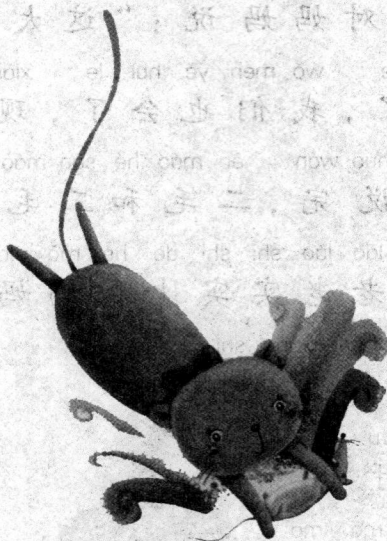

成长对话

　　每个人都向往成功，但走向成功的道路却是漫长的，要经得起等
待、耐得住寂寞，这过程才是最艰难的。可也只有坚持住，才能迎来
更灿烂的阳光。

时间表

　　zǎo shang yì zhēng kāi yǎn jing há ma jiù bǎ jīn tiān yào zuò
　　早上一睁开眼睛，蛤蟆就把今天要做
de shì qing xiě zài le yì zhāng zhǐ tiáo shang shàng miàn xiě de fēi
的事情写在了一张纸条上，上面写得非
cháng xiáng xì
常详细：
　　qǐ chuáng chī zǎo fàn chuān hǎo yī fu dào qīng wā jiā zuò
　　起床、吃早饭、穿好衣服、到青蛙家做
kè hé qīng wā sǎn bù chī wǔ
客、和青蛙散步、吃午
fàn wǔ xiū qù wán yóu xì chī
饭、午休、去玩游戏、吃
wǎn fàn xiū xi
晚饭、休息。
　　dōu xiě hǎo le há
　　都写好了，蛤
ma kāi shǐ xíng dòng le
蟆开始行动了。
tā yǐ jīng qǐ chuáng jiù
他已经起床，就
bǎ qǐ chuáng zài zhǐ tiáo
把起床在纸条
shang huà diào le chī le
上画掉了。吃了

zǎo fàn tā zài yī chú li zhǎo dào zì yǐ zuì xǐ huan de yī fu
早饭，他在衣橱里找到自已最喜欢的衣服

chuān zài shēn shang zhī hòu jiù huà diào le chī zǎo fàn hé chuān yī
穿在身上，之后就画掉了吃早饭和穿衣

fu jiù zhè yàng há ma gān yí jiàn jiù huà yí jiàn rán hòu
服。就这样，蛤蟆干一件就画一件。然后，

hā má kāi shǐ xiàng qīng wā jiā zǒu qù
哈蟆开始向青蛙家走去。

kuài dào qīng wā jiā shí tū rán yí zhèn fēng chuī guò bǎ há
快到青蛙家时，突然一阵风吹过，把蛤

ma shǒu li de xiǎo zhǐ piàn chuī diào le hā má fēi cháng zháo jí
蟆手里的小纸片吹掉了，哈蟆非常着急，

gāng qiǎo bèi gāng chū mén de qīng wā kàn dào le qīng wā jiù jiào há
刚巧被刚出门的青蛙看到了，青蛙就叫蛤

蟆去追纸片，可是蛤蟆哭着说："我不能这样做！""为什么呢？""因为我记得我的纸片上没有这一条啊！"

青蛙只好自己帮他追，他追过高山，追过小河，追了好久还是没有追到。他跑回来气喘吁吁地对蛤蟆说："实在对不起，我没有追上你的时间表。"

可是如果没有时间表，蛤蟆就不知道自己应该做什么了，他只好这样干坐着！

于是，青蛙就陪着蛤蟆一起呆呆地坐到了天黑，然后各自回家了……

成长对话

读过故事，小朋友们是不是觉得这真是一只死心眼的蛤蟆？如果对于某件事情过于死板、不懂变通的话，事情就会向很糟的方向发展，相反，灵活地运用自己的头脑才能将每件事情处理得恰当和令人满意。

小熊的生日礼物

xiǎo xióng guò shēng rì　　tā de hǎo péng you xiǎo huā zhū　xiǎo
小熊过生日，他的好朋友小花猪、小

huáng gǒu　xiǎo bái tù dōu lái le　　hái dài lái le piào liang de lǐ wù
黄狗、小白兔都来了，还带来了漂亮的礼物。

xiǎo huā zhū sòng gěi xiǎo xióng yì zhāng hè kǎ hé yí gè wán jù
小花猪送给小熊一张贺卡和一个玩具

qiāng　xiǎo huáng gǒu sòng gěi xiǎo xióng yì zhāng hè kǎ hé yí jià wán
枪：小黄狗送给小熊一张贺卡和一架玩

jù fēi jī　xiǎo bái tù sòng gěi xiǎo xióng yì zhāng hè kǎ hé yí liàng
具飞机；小白兔送给小熊一张贺卡和一辆

wán jù qì chē　xiǎo zhū jiē guò lǐ wù　dà jiā biàn kāi shǐ diǎn là
玩具汽车。小猪接过礼物，大家便开始点蜡

烛、切蛋糕、唱"祝你生日快乐……"小熊感觉幸福极了，他许了一个愿：希望每天都能和好朋友们开开心心地在一起。

他们一直玩到很晚，大家都要回家了。小熊拉住好朋友们的手说："谢谢你们来参加我的生日聚会，还送我这么多漂亮的礼物。我今天很开心！我也要送给你们一人一件礼物。请你们都闭上眼睛吧！"大伙儿都闭上了眼睛。小熊把玩具飞机放在了小花猪的口袋里；把玩具汽车放在了小黄狗的口袋里；把玩具枪放在了小白兔的口袋里。

"好了！大家都睁开眼睛吧！"

"咦，这不是我们给你的礼物吗？"

小熊拿着三张贺卡说：

"我有这三张贺卡就够了，我

hěn xǐ huan zhè xiē hè kǎ　　kàn jiàn hè kǎ　jiù huì xiǎng qǐ nǐ
很喜欢这些贺卡！看见贺卡，就会想起你

men　　yǐ hòu wǒ guò shēng rì nǐ men jiù sòng wǒ hè kǎ ba
们！以后我过生日你们就送我贺卡吧！"

　ǹ　　hǎo péng you men kāi kāi xīn xīn de ná zhe piào liang de　lǐ
"嗯！"好朋友们开开心心地拿着漂亮的礼

wù huí jiā le
物回家了。

成长对话

　　小熊对朋友是真诚的，他在为朋友们带去快乐的同时也收获了属于自己的幸福。生活中我们都离不开朋友，朋友之间应该相互分享喜悦、承担困难，那么每一天都会是充满精彩的。

小猎人打老鼠

波波最喜欢小面人了，你瞧，他的窗台上还放着一个小面人呢！仔细看看这个小面人还真有趣：一身猎人的服装，肩上背着一支猎枪，很威武的样子。

波波很喜欢它，为了不让它感到寂寞，波波特地把它放在塑料小白兔身旁。

晚上熄灯后，奇怪的事情发生了：小面人和小白兔说话了。小面人听说老鼠最近总在家里干坏事，小主人波波感到很苦恼，于是小面人就跟小白兔商量如何对付害人的老鼠。

小白兔找到了老鼠的洞穴，原来老鼠洞就在波波的床底下，小面人装好了子弹，瞄准了床底下的老鼠洞。等到半夜老鼠们开始活动时，小面人就开始攻击了，只见一个个面球子弹射向老鼠洞。本以为可以打死老鼠，没想到过了一会儿，老鼠跑出来说："谢谢你啊！送来这么多好吃的面球！"小面人和小白兔听了很生气，觉得这种方式不行，对付狡猾的老鼠得想一个更好的办法才行。

最终，小面人决定牺牲自己去帮助大家，它往自己的身上涂抹了很多老鼠药，急得小白兔

哇哇大哭。这时，小猎人说："小白兔，别伤心了，你那么可爱会有很多朋友的！主人那么喜欢我，我要用自己的生命回报他！"说着，小面人奋不顾身地走向老鼠

洞。老鼠们看到小面人一个人来了，就扑
向了小面人饱饱地美餐了一顿。刚吃完
面人的老鼠都抱着肚子喊疼，过了一会儿就
都被毒死了。

第二天，波波起床时发现小面人不见
了，他急得到处寻找。最后，在自己的床底
下发现了被老鼠们吃剩的小面人的尸体，
波波心疼得大哭起来，为了纪念小面人，他
决定再做一个和小猎人一模一样的小面人。

成长对话

故事中的小面人牺牲了自己帮助小主人消灭了老鼠，他的勇敢
和奉献是值得我们学习的。生活中也有很多这样的人，他们甘愿奉
献自己换来别人的幸福，他们会永远留在人们的记忆中的。

南山和北山

cóng qián yǒu yí duì
从前有一对
shān xiōng dì   gē ge jiào
山兄弟，哥哥叫
běi shān   dì di jiào nán
北山，弟弟叫南
shān   xiōng dì liǎ zhǎng de
山，兄弟俩长得
yí yàng gāo   zài nán shān
一样高。在南山
hé běi shān shang yǒu hěn duō
和北山上有很多
dòng wù   dòng wù men shēng huó de hěn kuài lè
动物，动物们生活得很快乐。

tiān gāng mēng mēng liàng   nán shān jiù cóng shuì mèng zhōng xǐng
天刚蒙蒙亮，南山就从睡梦中醒
lái le   tā fā xiàn běi shān gē ge de shēn shàng yǒu yì céng wù
来了。他发现北山哥哥的身上有一层雾，
tā hěn xiàn mù   biàn cóng wù pó po nà lǐ yào le xǔ duō wù   gē
他很羡慕，便从雾婆婆那里要了许多雾。哥
ge xǐng hòu yě bù gān luò hòu   cóng wù pó po nà lǐ yào lái le
哥醒后也不甘落后，从雾婆婆那里要来了
nóng wù   jiù zhè yàng   gē liǎ xiāng hù pān bǐ zhe
浓雾。就这样，哥俩相互攀比着。

这可害苦了动物们。他们在浓雾里什么也看不清,结果大家的头上都撞了许多包。更糟糕的是,大家都找不到家,也没有吃的了。于是动物们找到老虎大王,说:

"大王!山上的雾太浓了,我们没法生活啊!"

老虎想了想,说:"马上集合所有动物,我们去给隔壁的西山颁奖,授予他'美丽的家园'的称号。"动物们吹吹打打地抬着奖牌向西山走去。南山和北山见了,对动物们说:"你们为什么不给我们颁奖呢?"

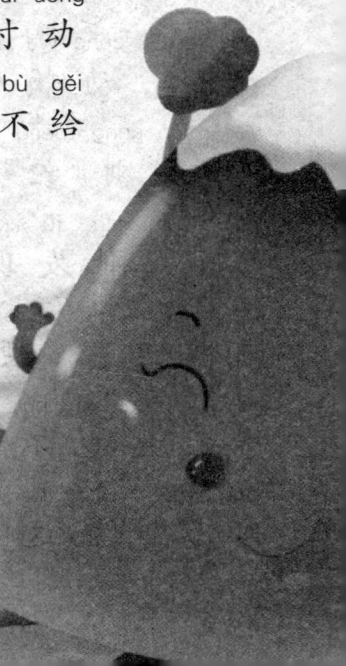

dòng wù men dōu zhǐ zhe zì jǐ tóu shang de dà bāo bù shuō
动 物 们 都 指 着 自 己 头 上 的 大 包 不 说

huà nán shān hé běi shān míng bai le tā men sàn qù le shēn
话 。 南 山 和 北 山 明 白 了 ， 他 们 散 去 了 身

shang de nóng wù yáng guāng yòu zhào dào le shān shang
上 的 浓 雾 ， 阳 光 又 照 到 了 山 上 。

cóng cǐ xiōng dì liǎ bú zài zhēng dǒu le tā men xié shǒu
从 此 ， 兄 弟 俩 不 再 争 斗 了 ， 他 们 携 手

wèi dòng wù men yíng zào le yí gè liáng hǎo de huán jìng dòng wù
为 动 物 们 营 造 了 一 个 良 好 的 环 境 。 动 物

men yě shòu yǔ le tā men měi lì de jiā yuán de chēng hào
们 也 授 予 了 他 们 " 美 丽 的 家 园 " 的 称 号 。

成长对话

嫉妒是很可怕的,有时会带来很严重的恶果。当别人取得成绩的时候,我们应该送上真心的祝福,看到比我们优秀的人,也应该向他们学习,用一颗宽容善良的心面对这个世界,你才能得到更多。

小黑熊和小白兔

小黑熊和小白兔是好朋友，可是他们两个却因为一点儿小事吵架了。小黑熊赌气说："让你明天早上起来变成一只小黑兔！"小白兔也不甘示弱地说："让你明天一天都抓不到鱼！"

他们两个都气呼呼地回家了。第二天早上，爱美的小白兔起床后，一照镜子，天啊，他真的变成了小黑兔，他看着自己身上黑黑的毛，伤心地哭了，他洗了5遍澡，毛还是那么黑。小伙伴们看见他，都笑了，说："小白兔变

成小黑兔，可真难看啊！"小熊起床后，感觉肚子饿了，他就到河里抓鱼，可是抓了一整天，却连一条鱼也没抓到。他饿着肚子，坐在河边叹气。

晚上，小黑兔拿着吃的来到小熊家，说："都是我不好，让你饿了一天肚子！"小

xióng jiē guò chī de xiāng
熊 接 过 吃 的 ， 香

pēn pēn de chī qǐ lai xiǎo
喷 喷 地 吃 起 来 ， 小

xióng shuō shì wǒ bù
熊 说 ： "是 我 不

hǎo ràng nǐ biàn chéng le xiǎo
好 ， 让 你 变 成 了 小

hēi tù nǐ zài wǒ jiā lǐ xǐ zǎo
黑 兔 。 你 在 我 家 里 洗 澡

ba huò xǔ hái néng biàn huí lai
吧 ， 或 许 还 能 变 回 来 。"

xiǎo hēi tù xǐ guò zǎo hòu fā
小 黑 兔 洗 过 澡 后 ， 发

xiàn zì jǐ yòu biàn chéng měi lì de xiǎo bái tù le cóng zhè yǐ
现 自 己 又 变 成 美 丽 的 小 白 兔 了 。 从 这 以

hòu liǎng ge xiǎo huǒ bàn zài yě bù chǎo jià le
后 ， 两 个 小 伙 伴 再 也 不 吵 架 了 。

成长对话

　　朋友之间产生摩擦和矛盾的时候，千万不要因为赌气伤害了彼此，因为友情是很珍贵的，当你得到一个朋友的时候，他就已经与你紧紧地联系在一起了，你们要一起走过漫长的成长过程，一同学习关怀与爱。好好对待你身边的朋友吧，他们给你的，就是最好的。

离家出走的玩具

淘淘过生日时，爸爸妈妈、爷爷奶奶、叔叔阿姨给淘淘买了很多玩具。

淘淘是个顽皮的孩子，他把玩具们堆在一起，一天玩儿一个。可他一点儿都不爱惜玩具，经常把玩具弄掉胳膊和腿。玩具们一个个都成了残疾，被淘淘扔在角落里。

玩具们都很气愤，"哼！一点儿都不懂得爱惜我们。我们离开淘

tao ba yú shì
淘吧！"于是，

wán jù men zuò zhe xiǎo
玩具们坐着小

huǒ chē lí kāi le táo
火车离开了淘

tao de jiā tā men
淘的家。它们

lái dào le yí piàn sēn lín
来到了一片森林

li zài nà lǐ gài fáng zi
里，在那里盖房子，

bìng zhù le xià lái sēn lín li dào
并住了下来。森林里到

chù shì huā cǎo de xiāng qì hé huān kuài de niǎo jiào
处是花草的香气和欢快的鸟叫

shēng wán jù men shēng huó de kāi xīn jí le
声，玩具们生活得开心极了。

dì èr tiān zǎo shang táo tao yí gè wán jù yě zhǎo bu dào
第二天早上，淘淘一个玩具也找不到

le méi yǒu wán jù táo tao zhǐ hǎo zì jǐ yí gè rén wánr
了。没有玩具，淘淘只好自己一个人玩儿。

nà xiē wán jù yì diǎnr dōu bù hǎo wán děng dào wǒ xià cì
"那些玩具一点儿都不好玩，等到我下次

^{guò shēng rì shí}过生日时，^{bà ba mā ma huì sòng gěi wǒ}爸爸妈妈会送给我^{gèng hǎo de wán jù}更好的玩具！"^{méi yǒu wán jù de táo tao}没有玩具的淘淘^{hǎo bù róng yì áo guò le yì tiān tā hěn xiǎng}好不容易熬过了一天，他很想^{niàn nà xiē wán jù biàn gěi wán jù men dǎ diàn}念那些玩具，便给玩具们打电^{huà wèi nǐ men zài nǎ lǐ a wǒ hǎo}话："喂！你们在哪里啊？我好^{xiǎng nǐ men a wǒ yǐ hòu zài yě bú pò huài nǐ men le nǐ men}想你们啊！我以后再也不破坏你们了，你们^{gǎn kuài huí lái ba wán jù men yě dōu hěn xiǎng niàn táo tao tīng}赶快回来吧！"玩具们也都很想念淘淘，听^{shuō táo tao yuàn yì gǎi zhèng cuò wù tā men jiù zuò zhe xiǎo huǒ chē huí}说淘淘愿意改正错误，它们就坐着小火车回^{dào le táo tao jiā táo tao zhì hǎo le shòu shāng de wán jù}到了淘淘家。淘淘治好了"受伤"的玩具^{men cóng cǐ táo tao zài wán jù men de péi bàn xià jiàn kāng kuài}们。从此，淘淘在玩具们的陪伴下，健康快^{lè de chéng zhǎng zhe}乐地成长着。

成长对话

　　淘淘曾经因为不懂得珍惜，伤害了他的玩具朋友们。在你的生活里，也发生过这样的事情吗？那么，别等到失去了才知道后悔，拥有的时候就要好好把握手中的幸福啊。

树叶卡片

xiǎo gǒu hé xiǎo tù dōu zhù zài dà
小狗和小兔都住在大

shù xià　　tā men shì hǎo péng you
树下,他们是好朋友。

yì tiān zǎo chen　xiǎo tù kàn dào
一天早晨,小兔看到

le dì shang de luò yè　tái tóu wàng
了地上的落叶,抬头望

wang　tū rán líng jī yí dòng　mào
望,突然灵机一动,冒

chū ge xiǎng fǎ　biàn pǎo dào xiǎo gǒu
出个想法,便跑到小狗

jiā　bǎ zhèng zài shuì jiào de xiǎo gǒu
家,把正在睡觉的小狗

jiào xǐng　duì tā shuō　wài miàn yǒu hǎo duō luò yè　wǒ yǒu ge
叫醒。对他说:"外面有好多落叶,我有个

hǎo zhǔ yi　wǒ men bǎ luò yè zuò chéng kǎ piàn　sòng gěi sēn lín
好主意,我们把落叶做成卡片,送给森林

li de dòng wù men ba　xiǎo gǒu yì tīng　jué de shì ge hǎo zhǔ
里的动物们吧。"小狗一听,觉得是个好主

yi　dùn shí lái le jīng shen
意,顿时来了精神。

cóng zhè tiān qǐ　sēn lín li měi tiān dōu yǒu xiǎo dòng wù shōu dào
从这天起,森林里每天都有小动物收到

shù yè kǎ piàn　　kǎ piàn shàng miàn xiě zhe gè zhǒng zhù fú de huà
树叶卡片，卡片上面写着各种祝福的话。

shù yè kǎ piàn zài dòng wù
树叶卡片在动物

men zhōng chuán dì zhe yǒu
们中传递着友

yì hé kuài lè　　ràng sēn lín
谊和快乐，让森林

li suǒ yǒu dòng wù dōu
里所有动物都

gǎn dào wēn nuǎn
感到温暖。

成长对话

　　树叶卡片在动物中传递着友谊和快乐，给森林里的所有动物送去了温暖。你是否也曾为别人带去温暖呢？当你看到自己的付出得到回报的时候，别人脸上的微笑是不是让你感受到了莫大的幸福呢？

高个子和矮个子

xiǎo fēi hé bà ba yì qǐ qù guàng gōng yuán bà ba hěn gāo
小飞和爸爸一起去逛公园,爸爸很高,

kě xiǎo fēi hěn ǎi xiǎo fēi zěn me yě zhuī bu shàng bà ba
可小飞很矮。小飞怎么也追不上爸爸。

bà ba zài qián miàn yí bù yí bù de zǒu zuǐ li bù tíng de
爸爸在前面一步一步地走,嘴里不停地

cuī zhe kuài diǎnr zǒu xiǎo fēi kě xiǎo fēi zài hòu miàn shǐ
催着:"快点儿走,小飞!"可小飞在后面使

jìnr de pǎo hái shi zhuī bu shàng bà ba xiǎo fēi zhēn bèn
劲儿地跑,还是追不上爸爸。"小飞真笨,

zǒu de zhēn màn bà ba xiào hē hē de shuō
走得真慢!"爸爸笑呵呵地说。

xiǎo fēi hěn shāng xīn wèi shén me zì jǐ
小飞很伤心,为什么自己

shǐ jìnr pǎo hái shì zhuī bu shàng bà ba
使劲儿跑,还是追不上爸爸

ne tā zěn me yě xiǎng bu míng bái huí
呢?他怎么也想不明白。回

dào jiā li xiǎo fēi tuō xià zì jǐ de xié zi
到家里,小飞脱下自己的鞋子

hé bà ba de xié zi bǐ le yí xià à
和爸爸的鞋子比了一下。啊,

bà ba de xié zi hǎo dà ya xiǎo fēi yòu
爸爸的鞋子好大呀!小飞又

tuō xià zì jǐ de kù zi hé bà ba de kù
脱下自己的裤子和爸爸的裤

zi bǐ le yí xià à bà ba de kù
子比了一下。啊，爸爸的裤

zi hǎo cháng ya chī fàn de shí hou xiǎo
子好长呀！吃饭的时候，小

fēi yòu kàn le kàn bà ba de
飞又看了看爸爸的

wǎn à bà ba chī de fàn
碗。啊，爸爸吃的饭

kě zhēn duō ya
可真多呀！

xiǎo fēi zhè huí zhī dào le wèi shén me zì jǐ zhuī
小飞这回知道了为什么自己追

bu shàng bà ba le yuán lái shì yīn wèi bà ba shì gāo
不上爸爸了，原来是因为爸爸是高

gè zi zì jǐ shì ǎi gè zi kě shì wèi shén me
个子，自己是矮个子。可是为什么

zì jǐ hé bà ba chà le zhè me duō ne xiǎo fēi bǎ
自己和爸爸差了这么多呢？小飞把

zì jǐ de yí wèn gào su le bà ba bà ba xiào zhe
自己的疑问告诉了爸爸，爸爸笑着

shuō　　　yīn wèi nǐ hái xiǎo ya　　děng nǐ zhǎng dà le　　yě huì zǒu
说："因为你还小呀，等你长大了，也会走

de hěn kuài de　　suǒ yǐ nǐ yào kuài kuài zhǎng dà ya　　　　　　ǹ
得很快的，所以你要快快长大呀！""嗯。"

xiǎo fēi gāo xìng de diǎn le diǎn tóu
小飞高兴地点了点头。

成长对话

　　成长是一件快乐的事情，在甜蜜的期盼中看着自己一点点地长大，亲身感受所有微小的满足和喜悦，伴随幸福的眼泪和美好的微笑，所有的一切都那么真实和令人感动。

学生在马戏团

一天早上，几个小学生路过一个马戏团时，他们看见马戏团里正在训练动物，只见大象正用两条后腿站立，小马在一个个滚筒前练习跳跃，猴子在练习踩钢丝……

"马戏团真好呀，动物们不用去上学。"小学生们说。"小学生真好呀，可以去上学。"动物们也很羡慕他们。"那我们换换吧。""好

啊。"动物们背上小学生们的书包，高高兴兴地去上学。小学生们留下来，快快乐乐地玩儿动物们训练用的道具。可是，没想到看似简单的东西，到了小学生的手里却变得复杂起来。吃午饭的时间到了，小学生们一看，午饭全都是麦秆、草叶，这些东西可怎么吃啊。还没到晚上，小学生们就已经浑身是伤、满头是包了。

小学生们的心里都在想：动物们快点儿回来吧。一会儿工夫，只见动物们一个

ge juē zhe zuǐ huí lái le
个噘着嘴回来了。

tā men dōu zài bào yuàn   xué xiào de lǎo
它们都在抱怨，学校的老

shī kě zhēn má fan   zhè ge yě bú ràng gàn
师可真麻烦，这个也不让干，

nà ge yě bú ràng gàn   dòng wù men yì qǐ
那个也不让干。动物们一起

shuō   hái shì mǎ xì tuán hǎo
说："还是马戏团好。"

yú shì   xiǎo xé shēng men chóng xīn bēi
于是，小学生们重新背

qǐ shū bāo   huí dào le xué xiào   dòng wù men yě huí dào le mǎ xì
起书包，回到了学校，动物们也回到了马戏

tuán   tā men dōu hěn kuài lè   yīn wèi tā men yòu zuò huí lə zì
团。他们都很快乐，因为他们又做回了自

jǐ
己。

成长对话

　　每个人都有自己的生活，当你为自己一成不变的生活感到厌倦的时候，或许就会羡慕起别人的生活。不过，并不是所有的想象都美好，也许转过一圈之后你会发现，原来自己拥有的才是最好的。

乌鸦和小熊

小熊住在树下的树洞里，乌鸦住在树上的巢里。小熊和乌鸦便做了邻居。

这天，温暖的阳光照进小熊的家里，小熊睁开眼睛，说："多好的一天啊！今天是我的生日！"小熊的话被树上的乌鸦听到了。乌鸦便唱起了歌："小熊，祝你生日快乐！祝你生日快乐！"小熊捂着耳朵大声说："难听死了！我不要听你唱的歌！"

乌鸦赶紧闭上了嘴，伤心地飞到了外面。他在小河边遇到了一只百灵鸟，百灵

niǎo zhèng zài shí tou shang chàng zhe dòng tīng de gē wū yā shuō
鸟 正 在 石头 上 唱 着 动听 的 歌。乌鸦 说：

bǎi líng niǎo nǐ chàng de gē kě zhēn hǎo tīng wǒ yào shì néng
"百灵鸟，你 唱 的 歌 可 真 好听！我 要是 能

yǒu nǐ zhè yàng de hǎo sǎng zi xiǎo xióng jiù bú huì bù tīng wǒ chàng
有 你 这样 的 好 嗓子，小熊 就 不会 不 听 我 唱

gē le bǎi líng niǎo shuō nǐ wèi shén me yào chàng gē gěi tā
歌 了。"百灵鸟 说："你 为什么 要 唱 歌 给 他

tīng ne yīn wèi jīn tiān shì xiǎo xióng de shēng rì wǒ xiǎng
听 呢？""因为 今天 是 小熊 的 生日，我 想

chàng gē zhù tā shēng rì kuài lè ō nà zhè yàng ba
唱 歌 祝 他 生日 快乐。""噢！那 这样 吧！

wǒ bāng nǐ chàng gē gěi xiǎo xióng tīng
我 帮 你 唱 歌 给 小熊 听！"

wū yā dài zhe bǎi líng niǎo huí dào le jiā bǎi líng niǎo zài xiǎo
乌鸦 带 着 百灵鸟 回 到 了 家。百灵鸟 在 小

xióng jiā mén kǒu chàng qǐ le dòng tīng de gē xiǎo xióng cóng jiā li
熊 家 门口 唱 起 了 动听 的 歌。小熊 从 家里

chū lái shuō bǎi líng niǎo nǐ zhēn hǎo chàng de gē kě zhēn
出来，说："百灵鸟，你 真 好，唱 的 歌 可 真

hǎo tīng bǎi líng niǎo shuō xiǎo xióng shì
好听！"百灵鸟 说："小熊，是

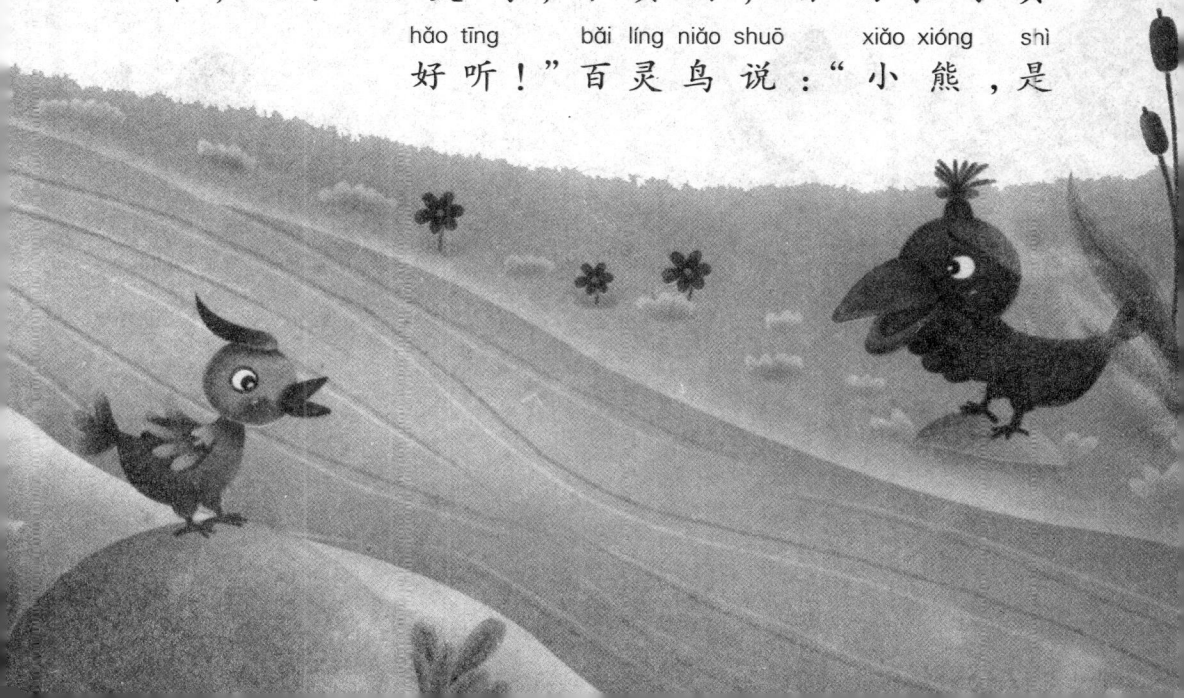

wū yā qǐng wǒ lái wèi nǐ chàng gē zhù nǐ
乌鸦请我来为你唱歌，祝你
shēng rì kuài lè de
生日快乐的。"
xiǎo xióng tái tóu kàn zhe wū yā bù
小熊抬头看着乌鸦，不
hǎo yì si de xiào le xiào shuō xiè xie
好意思地笑了笑，说："谢谢
nǐ wū yā nǐ kě zhēn
你，乌鸦！你可真
shi wǒ de hǎo lín jū
是我的好邻居！"

成长对话

　　当你的朋友愿意为你去做一些事情的时候，也许他并不会做得很好，也许那看起来是微不足道的，请你一定要以一颗感恩的心去接受，因为他是在用全部的心在为你付出着。

叶子和根

奶奶为了照顾东东，从农村来到了城里。奶奶每天都要送东东上学，接东东放学，还要买菜做饭，很辛苦。

东东是个顽皮的孩子，放学以后总是不想写作业。这天，东东又要出去玩儿，奶奶没让他去。东东生气地说："你走！你走！"奶奶什么也没说，就到厨房做饭去了。

东东在房间里玩儿了一会儿玩具，觉得没意思，就到厨房去找奶

奶。奶奶在择菜，东东坐在奶奶的对面，看

着她把菠菜的根择掉，又把萝卜的叶子扔

掉，就问："奶奶，为什么菠菜吃叶子而萝卜

要把叶子扔掉呢？"奶奶看了他一眼说："因

为菠菜的根把所有的养分都给了叶子，而萝

卜的根把所有的养分都留给了自己啊！"

东东好像明白了什么，他用小脸贴着

奶奶的脸说："奶奶，你是菠菜的根，我是菠

cài de yè　　wǒ yǐ hou yí dìng tīng nín de huà　　nǎi nai yǎn jing shī
菜的叶，我以后一定听您的话。"奶奶眼睛湿

shī de shuō　　wǒ de dōng dong zhǎng dà le
湿地说："我的东东长大了！"

成长对话

　　我们的亲人总是用全部的心爱着我们，这种爱是不要求回报不计较伤害的，它纯净真挚又热烈，所以，当你被这样全心地爱着的时候，就要把握住这种幸福，它是那么珍贵、那么美好。

天狗的故事

chuán shuō tiān gǒu shì ge chī rén de guài wu · shéi yào shi pèng
传　说天狗是个吃人的怪物，谁要是碰

dào tā　jiù huì bèi chī diào　yǒu yí gè lǎo rén　zǒng shì zài shēn
到它，就会被吃掉。有一个老人，总是在深

shān li kǎn chái　yì tiān　lǎo rén yòu lái dào le nà
山里砍柴。一天，老人又来到了那

zuò shēn shān　kě shì zhōu wéi de jǐng wù ràng tā jué
座深山，可是周围的景物让他觉

de yǒu diǎn hài pà　tā xiǎng　zǎo zhī dào
得有点害怕，他想：早知道

zhè me kě pà　wǒ jiù bù lái le
这么可怕，我就不来了。

zhè shí　cóng yuǎn chù chuán lái
这时，从远处传来

le yí gè shēng yīn　zǎo zhī dào
了一个声音："早知道

zhè me kě pà　wǒ jiù bù
这么可怕，我就不

来了。"这下可把老人吓坏了，他忙向周围望去，一看居然是天狗。老人转身想逃，可是两腿已经不听使唤了。

老人想：怎么才能逃脱呢？天狗说："怎么才能逃脱呢？"真是太奇怪了，老人心里想什么，天狗就说什么，老人吓得差点儿晕过去。天狗怎么知道我心里的想法呢？老人想。"我来告诉你吧。"天狗说，"我的鼻子可以

"闻出人心里的想法！"

天狗又说："你的老伴儿病了，她正盼着你回去呢，你快回去吧！"老人一听，心里很着急。天狗说："别担心，她没事。"老人踉踉跄跄地走下了山。天狗说得没错，他的老伴儿真的病了，可是老人回来后，他老伴儿的病竟慢慢地好了。老人心想：人们都说天狗很可怕，我看天狗挺和善的。

天狗知道老人在表扬自己，不好意思地笑了。

成长对话

人们总是喜欢凭主观和传闻去判断事物，这并不能了解事物真实的一面。所以我们在判断一件事情的时候，是应该去亲身经历的，同样，判断一个人的好坏也应该从接触开始。

猎人和狼

鹅毛大雪下了两天两夜，山上像铺了一层厚厚的白毛毯一样，雪后是打猎的好时机。早晨，猎人拿着猎枪来到大山里。

他一连走了好几个小时，不知不觉走到了一片大树林里，他想树林里一定会有猎物，就试探着往前走。突然，他发现了一只受伤的狼，狼的周围有一滩殷红的血迹，他端起

枪，刚要扣动扳机，这时，狼说："求求你别杀我，我的孩子还需要我抚养，只要你饶我一命，我不会亏待你的。"猎人放下枪问："我可以放了你，但你想过没有，我家里的孩子也饿着肚子呢？"狼急忙说："只要你肯帮我，我会让你有花不完的金币，让你全家过上好日子。""那我怎样帮你呢？"猎人问，"你只要把我抱到前面的山洞里就行了。"狼说。

猎人按照狼说的做了，他把狼抱到山洞里，发现山洞里有三只小狼正"嗷嗷"

jiào zhe děng dài mǔ láng ne　　　liè rén qīng qīng de bǎ mǔ láng fàng dào
叫 着 等 待 母 狼 呢 ， 猎 人 轻 轻 地 把 母 狼 放 到

xiǎo láng shēn biān　　mǔ láng shuō　　　nǐ wǎng shān dòng li zǒu　　lǐ
小 狼 身 边 ， 母 狼 说 ："你 往 山 洞 里 走 ，里

miàn yǒu xǔ duō cái bǎo　nǐ suí biàn ná　　dàn wǒ yǒu ge yāo
面 有 许 多 财 宝 ，你 随 便 拿 ，但 我 有 个 要

qiú　　　qiú nǐ yǐ hòu bié zài dǎ liè le　xíng ma　　liè rén tóng
求 —— 求 你 以 后 别 再 打 猎 了 ，行 吗 ?"猎 人 同

yì le mǔ láng de yāo qiú　　tā bǎ zì jǐ de gān liáng gěi láng liú
意 了 母 狼 的 要 求 。他 把 自 己 的 干 粮 给 狼 留

xià le　　rán hòu dài zhe cái bǎo huí jiā le　　tā yòng zhè xiē qián zuò
下 了 ，然 后 带 着 财 宝 回 家 了 ，他 用 这 些 钱 做

qǐ le shēng yi　　cóng cǐ zài yě bù dǎ liè le
起 了 生 意 ，从 此 再 也 不 打 猎 了 。

成长对话

　　猎人救了一只狼，也因此拥有了很多的财富。我们在帮助别人的时候，当然不应该想着得到更好的回报，善良的人总会得到上天的奖赏的。

大家的月亮

yì tiān wǎn shang　hú li lái dào xiǎo hé
一天晚上，狐狸来到小河

biān　　kàn jiàn xiǎo gǒu　xiǎo tù zi hé xiǎo zhū
边。看见小狗、小兔子和小猪

zhèng zài xīn shǎng hé li de yuè sè
正在欣赏河里的月色。

xiǎo hú li zǒu guo qu ná qǐ yí kuàir　shí tou jiù diū dào le
小狐狸走过去拿起一块儿石头就丢到了

shuǐ li　　shuǐ li de yuè liang mǎ shàng jiù suì le　xiǎo tù zi kū
水里。水里的月亮马上就碎了，小兔子哭

le　　xiǎo gǒu ān wèi xiǎo tù zi shuō
了。小狗安慰小兔子说：

bú yào jǐn　yí huìr　shuǐ li de
"不要紧，一会儿水里的

yuè liang jiù huì huí lái de
月亮就会回来的。"

guò le yí huìr　　shuǐ miàn huī fù le píng jìng　shuǐ i de

过了一会儿，水面恢复了平静，水里的

yuè liang guǒ rán huí lái le　　xiǎo gǒu shuō　　yuè liang shì dà jā

月亮果然回来了。小狗说："月亮是大家

de　péng you zhī jiān yào hù xiāng zūn zhòng　hù xiāng bāng zhu

的，朋友之间要互相尊重、互相帮助。"

xiǎo hú li xiū kuì de dī xià le tóu

小狐狸羞愧地低下了头。

成长对话

朋友之间应该互相尊重、互相帮助，不仅如此，还要学会分享和分担，要用一颗真诚的心面对彼此，这样，友谊之花才会开得更加美丽、更加灿烂。

图书在版编目(CIP)数据

男孩故事全集 / 崔钟雷主编 . —长春:吉林美术出版社,
2009. 10(2012. 5 重印)
(中国儿童成长必读系列)
ISBN 978 - 7 - 5386 - 3508 - 9

Ⅰ. 男… Ⅱ. 崔… Ⅲ. 儿童文学 - 故事 - 作品集 - 世界 Ⅳ. I18

中国版本图书馆 CIP 数据核字(2009)第 177522 号

策　　划:钟　雷
责任编辑:栾　云

男孩故事全集

主　编:崔钟雷　副主编:王丽萍　代文秀

吉林美术出版社出版发行

长春市人民大街 4646 号

吉林美术出版社图书经理部(0431 - 86037896)

网址:www. jlmspress. com

北京海德伟业印务有限公司

开本 700 × 1000 毫米　1/16　印张 15　字数 180 千字

2011 年 1 月第 2 版　2012 年 5 月第 2 次印刷

ISBN 978 - 7 - 5386 - 3508 - 9

定价: 29. 80 元